夢《ゆめ》で見《み》たふしぎなものがたり

てつはる
Tetsuharu

文芸社

もくじ

夜《よる》のふしぎなスーパーマーケット

ある夜《よる》のこと、としひろは、スーパーマーケットへ行《い》きました。夜《よる》だけのスーパーマーケットです。

そのスーパーマーケットは、いつもやさいとそうざいとくだものとお菓子《かし》、日用品《にちようひん》とせんざいなどいろいろ売《う》っていました。ふつうのスーパーマーケットより、広《ひろ》い広《ひろ》い大《おお》きなスーパーマーケットです。そのほかは、ロボット人間《にんげん》売《う》り場《ば》とクローン人間《にんげん》売《う》り場《ば》がありました。中《なか》は、ふしぎなところです。としひろは、

「えーロボット人間《にんげん》が、いっぱいおいてあるよ。しかもこんなに広《ひろ》いよーびっくりし

たよ」

とおどろいていました。つぎは、クローン人間《にんげん》売《う》り場《ば》に行《い》きました。としひろは、

「びっくりしたよ。こんなにクローン人間《にんげん》が、いっぱいで、たくさん売《う》ってるよ」

とおどろいてました。

としひろは、10さいの男《おとこ》の子《こ》です。かあさんとふたりぐらしです。としひろは、

「とうさんは、おうだんほどうをわたっていたときに車《くるま》がはやいスピードでとばしてきて、ぶつかって、とうさんが道路《どうろ》にたおれた。白《しろ》い車《くるま》にのせてびょういんにはこばれてとうさんはしんだ」ってかあさんから聞《き》いた。

としひろが、一人《ひとり》でクローン人間《にんげん》を見《み》てました。

「あれーとうちゃんだよーこうつうじこでしんだーどうしてーかあちゃんが見《み》たらよろこぶよー」

と一人《ひとり》のクローン人間《にんげん》を見《み》ておどろきました。

「なんで、とうちゃんそっくりなクローン人間《にんげん》がここにいるんだろう」

ととうちゃんクローン人間《にんげん》を見《み》てました。見《み》ていたら、はかせのすがたの男《おとこ》の人《ひと》が

こちらをむいて歩《ある》いてきました。としひろのところまでむかって歩《ある》いてきました。男《おとこ》の人《ひと》が、としひろにむかって話《はな》しはじめました。

「ぼくは、とみたはかせだ、このクローン人間《にんげん》たちを作《つく》った。このクローン人間《にんげん》たちは、ここのスーパーマーケットだけしかない。きみが今見《いまみ》たのは、本物《ほんもの》のとうちゃんのクローン人間《にんげん》だよ。とうちゃんが生《い》きてるとき、つまり、こうつうじこの前《まえ》に、ぼくのところでさいぼうをとって、液体《えきたい》の入《はい》ったいれものに入《い》れて、れいとうこに入《い》れたものだよ。きみのとうちゃんから『クローン人間《にんげん》にして』とたのまれたのだ。きみとかあちゃんに会《あ》いたいし、いっしょにくらしたいと言《い》ってるよ。これは、きみがもっていくといいよ。きみのとうちゃんから、たのまれたんだよ。きみのとうちゃんのゆいごんだ。これだけは、きみがもっていけばいいんだよ。きみのものだよ。そしてきみのかあちゃんのものだよ」

と、としひろに話《はな》しました。はかせと話《はな》していたらスーパーの店長《てんちょう》さんと店員《てんいん》さんが来《き》ました。店長《てんちょう》さんは、

「オーナー、どうするんですか？　このクローン人間《にんげん》をどうしたいです？」

とはかせに聞《き》きました。はかせは、このスーパーのオーナーです。

「オーナー、このクローン人間《にんげん》をどうしたいですか?」と店員《てんいん》さんがはかせに聞《き》きました。

はかせは、「このクローン人間《にんげん》は、このこにあげるんだ、ただで」と店員《てんいん》さんに言《い》いました。

店長《てんちょう》さんは、「これあげるんですね」と、オーナー(はかせ)に聞《き》きました。

店員《てんいん》さんは、クローン人間《にんげん》のよこの赤《あか》いボタンをおしました。クローン人間《にんげん》がうごきました。このクローン人間《にんげん》は、とうちゃんです。

としひろは、「とうちゃんー会《あ》いたかったよー」となきながら、だきしめてました。

はかせに、「ありがとうーはかせと店長《てんちょう》さんと店員《てんいん》さんー」とおれいをしました。

「おまえは、もしかしてとしひろか、そうだろー」ととうちゃんが、としひろをだきながら言《い》いました。としひろがとうちゃんをつれてスーパーを出《で》ました。外《そと》に出《で》ました。

外《そと》は、いつものスーパーです。とうちゃんは、「かあさんは、どうした」と聞《き》きました。

おわり

ふしぎなとんでる　バス

あるしせつにバスがありました。マイクロバスでした。かくだじゅんこ12さい、小学《しょうがく》6年生《ねんせい》の女《おんな》の子《こ》と、ふるかわけいたろう16さいの高校《こうこう》1年生《ねんせい》の男《おとこ》の子《こ》がいました。

二人《ふたり》がバスを見《み》てると空《そら》からきらきら光《ひか》っているかぎがふってきました。じゅんこちゃんは、ふってきたかぎをとりました。じゅんこちゃんはかぎを見《み》てるとバスが光《ひか》ってました。じゅんこちゃんは、うんてんせきのドアへ行《い》きました。かぎが光《ひか》ってからドアがあきました。じゅんこちゃんは、ドアから上《あ》がってうんてんせきにすわりました。

けいたろうくんは、ドアから、じどうであけました。ドアはじどうであきました。けいたろうくんは、ドアからバスにのりました。じゅんこちゃんがかぎをあなのあいたところに入《い》れたら、バスがうごきました。けいたろうくんは前《まえ》にすわりました。うんてんせきのよこにすわりました。

二人《ふたり》でバスにのりました。バスは、道路《どうろ》を走《はし》りました。だんだん上《あ》がってました。だんだんと空《そら》へとんでました。バスはとびました。じゅんこちゃんは、

「あーバスがとんでる。うれしいな。けいたろうもよく見《み》て。とんでるわ」

とけいたろうくんに言《い》いました。

「本当《ほんとう》だ。とんでる。バスがとんでいるよ。ねえ、じゅんこちゃんやったよ。やったー」

とけいたろうくんはよろこびました。

バスは空《そら》をとんでました。二人《ふたり》でたびがはじまりました。じゅんこちゃんはバスのうんてんしゅで、けいたろうくんはおきゃくさんです。バスは空《そら》の上《うえ》をとんでました。

じゅんこちゃんは、おうちの多《おお》いじゅうたくちを行《い》き先《さき》にきめました。

じゅんこちゃんは、スマートフォンで現地《げんち》係員《かかりいん》にメールしました。けいたろうくんは、

「いいね、みんなのうちは。それにおとうさんは仕事《しごと》でいないし、みんなは学校《がっこう》やようちえんでいないね」

とじゅんこちゃんに言《い》ってました。じゅんこちゃんは、「現地《げんち》係員《かかりいん》にたのんだわ」とけいたろうくんに言《い》いました。

けいたろうくんは、「どこへ行《い》くんだ、じゅんこちゃん」とたずねました。じゅんこちゃんは、「みんなのおうちがいっぱいあるじゅうたくとアパートとマンションのある町《まち》、大《おお》きい町《まち》ですわよ」とけいたろうくんに言《い》ってました。

じゅんこちゃんは、うんてんしてました。空《そら》は青空《あおぞら》で、下《した》は白《しろ》い雲《くも》でした。とてもきれいでした。しばらくバスのまどから外《そと》を見《み》つめてました。じゅんこちゃんはうんてんせきで見《み》ました。けいたろうくんは、

「天気《てんき》がいいから、青空《あおぞら》と白《しろ》い雲《くも》が見《み》れるんだよ。天気《てんき》がわるいと見《み》れないよ」

とじゅんこちゃんに言《い》ってました。しばらくして町《まち》が見《み》えました。じゅうたくちでおうちやマンションやアパートがたくさんある町《まち》に見《み》えました。都会《とかい》の町《まち》です。

じゅんこちゃんは、バスのとまるところをさがしました。じどう公園《こうえん》が見《み》えました。じどう公園《こうえん》で、地元《じもと》の現地《げんち》係員《かかりいん》が手《て》をふりました。ゆびでここと合図《あいず》をじゅんこちゃんにむけて教《おし》えてました。じゅんこちゃんは、合図《あいず》を見《み》てバスをじどう公園《こうえん》におろしました。だんだんとおりてバスが公園《こうえん》の土《つち》におりました。土地《とち》についたらバスが、ちょっとだけ走《はし》りました。とちゅうでとまりました。じどう公園《こうえん》でバスがとまりました。じどう公園《こうえん》のまわりは、ジャングルジムやすべり台《だい》やブランコがありました。バスがつきました。

じゅんこちゃんは、「もう、じどう公園《こうえん》についたわ。けいたろう、ついたわ」とけいたろうくんに言《い》いました。けいたろうくんは、「もうついた?」とじゅんこちゃんに言《い》いました。

じゅんこちゃんは、かぎをはずしました。はずしたら光《ひか》ってるかぎはきえました。けいたろうくんは、手《て》でドアをあけました。おりたら現地《げんち》係員《かかりいん》がいました。じゅんこちゃんは、うんてんせきからおりました。ドアを手《て》であけました。おりて、現地《げんち》係員《かかりいん》にかけよりました。けいたろうくんはまってました。じゅんこちゃんとけいたろうくんは、

「おねがいします。おうちとアパートとマンションの案内《あんない》、おねがいします」

と現地《げんち》係員《かかりいん》に、案内《あんない》をおねがいしました。二人《ふたり》は現地《げんち》係員《かかりいん》の案内《あんない》について行《い》きました。歩《ある》きながらおうちを見《み》に行《い》きました。おうちを見《み》たら、おくさんがせんたくものをほしているとこでした。

二人《ふたり》は、おくさんのせんたくものを見《み》てました。おくさんは、「きゃーやめて」とひめいをあげました。3人《にん》はあわててにげました。3人《にん》はアパートのほうへ行《い》きました。とちゅうでおかあさんたちがわになっておしゃべりをしていました。

じゅんこちゃんは、「おかあさんたち何《なに》をしゃべってるの」とけいたろうくんに聞《き》きました。けいたろうくんは、「何《なに》をしゃべってるのかわかんない」とじゅんこちゃんに言《い》いました。現地《げんち》係員《かかりいん》は、

「あー、いどばた話《ばなし》だよ。むすこさんのことや、むすめさんとおとうさんのじまんや

いやなことがいっぱいあるから。あと、ほかのわだいやらでしゃべっているんだよ」としゃべりました。じゅんこちゃんは、「あと学校《がっこう》やようちえんの子どもたち」とけいたろうくんと現地係員《げんちかかりいん》に言《い》ってました。じゅんこちゃんは、「じゃあ、けいたろう二人《ふたり》で分《わ》かれていきましょう」とけいたろうくんに言《い》いました。けいたろうくんは、「いいよ、じゅんこちゃん」とじゅんこちゃんに言《い》って二人《ふたり》で別《わか》れて行《い》きました。

じゅんこちゃんは、現地係員《げんちかかりいん》の案内《あんない》で、おうちがいっぱいのとこを歩《ある》いていました。道路《どうろ》を通《とお》りました。けいたろうくんは、現地係員《げんちかかりいん》に聞《き》きました。「どこへ行《い》くかわからないよ」と係員《かかりいん》に聞《き》きました。

「こっちにマンションやアパートがたくさんあるのでこっちを行《い》ってくださいね」とけいたろうくんに言《い》ってました。けいたろうくんはマンションやアパートがたくさんのところに行《い》きました。歩《ある》いていたらマンションのすんでいる人《ひと》がげんかんから出《で》てきました。学生《がくせい》さんや、ちこくであわててパンを食《た》べながらサラリーマンが出《で》てきました。けいたろうくんは、

「びっくりした。いきなり学生《がくせい》やサラリーマンが出《で》てきてびっくりしたよ」

と、おどろきました。けいたろうくんは、もっとおくのほうへと歩《ある》きました。アパートにつきました。アパートで人《ひと》がまっていました。大学生《だいがくせい》のおにいさんがまっていました。大学生《だいがくせい》のおにいさんは、

「現地係員《げんちかかりいん》さんからたのまれました」

とけいたろうくんに言《い》いました。けいたろうくんは、「えー」と大学生《だいがくせい》のおにいさんに言《い》いました。

「あのーけいたろうさんですね。現地係員《げんちかかりいん》さんから聞《き》いてますけど」

とけいたろうくんに言《い》いました。大学生《だいがくせい》のおにいさんの案内《あんない》で、かいだんを上《のぼ》って2かいに行《い》きました。おにいさんの案内《あんない》でへやへ行《い》きました。

ドアまで歩《ある》きました。ドアへつきました。おにいさんは、かぎであけました。ドアがあきました。けいたろうくんは、「おにいさん、中入《なかはい》っていいですか」とおにいさんに聞《き》きました。おにいさんは、「いいよ、入《はい》って」とけいたろうくんに言《い》いました。

先《さき》におにいさんは、中《なか》に入《はい》りました。あとにつづいてけいたろうくんは、中《なか》に入《はい》りました。中《なか》に入《はい》り見《み》たら、ひとへやだけでした。台所《だいどころ》は、すみっこにありました。

げんかんから入《はい》りました。おふろはありません。けいたろうくんは、

「広《ひろ》いな、へやは」

テレビがあって、すみっこにトイレがありました。

「台所《だいどころ》からちょっとはなれたところにあって広《ひろ》いな。ふろもあって広《ひろ》いな」

とへやを見《み》ながらおにいさんに言《い》ってました。


一方《いっぽう》、じゅんこちゃんは、おうちを見《み》て回《まわ》りました。現地係員《げんちかかりいん》の案内《あんない》で、おうちにすんでいるしんこんさんのふうふがまってました。げんかんでまってました。じゅんこちゃんは、しんこんさんの案内《あんない》でおうちに入《はい》りました。ドアをあけて入《はい》りました。じゅんこちゃんは、中《なか》を見回《みまわ》しました。歩《ある》きながらろうかを通《とお》って、いまに行《い》きました。現地係員《げんちかかりいん》はげんかんでまってました。いまを見《み》たらテレビとテーブルといすがおいてありました。テレビは台《だい》の上《うえ》においてありました。いすとテーブルは、テレビからはなれておいてありました。台所《だいどころ》がありました。前《まえ》はおく台《だい》があって、ごはんとかおかずがおけるとこがありました。じゅんこちゃんは、

「あれ、きれいよ。すてきな台所《だいどころ》やいすやテーブル。すてきだわ」

としんこんさんをほめました。しんこんさんは、

「本当《ほんとう》？　うれしいわ、ありがとう、じゅんこちゃん」

とよろこびました。じゅんこちゃんは、しんこんさんのへやへ行《い》きました。へやへ入《はい》ったら、ベッドがおいてあってダブルベッドでした。かがみがあって、おくさんがつかっていました。けしょうひんがおいてありました。ドライヤーがありました。

じゅんこちゃんは、へやを見《み》て「本当《ほんとう》すてきなへやだわ」としんこんさんをほめました。しんこんさんは、「ありがとう」と笑顔《えがお》で言《い》いました。


このころ、けいたろうくんは、おにいさんに「ありがとうございます」と言《い》って、へやを出《で》ていきました。けいたろうくんは、歩《ある》いてじどう公園《こうえん》へ行《い》きました。道《みち》を歩《ある》いていったらとちゅうで、しんこんさんのうちによりました。じゅんこちゃんがうちから出《で》てきて、しんこんさんに「ありがとうございます」としんこんさんにおれいをしてました。げんかんでまってた現地《げんち》係員《かかりいん》がむかえました。あとでけいたろうくん

が来《き》ました。しんこんさんが、じゅんこちゃんたちに手《て》をふって見《み》おくりました。
じゅんこちゃんたちは、じどう公園《こうえん》にむかいました。じゅんこちゃんは、うんてんせきにのりました。ドアからのりました。けいたろうくんは、ドアを手《て》であけました。中《なか》にのりました。バスにのりました。現地《げんち》係員《かかりいん》に見《み》おくられながらバスは、上《あ》がって空《そら》をとびました。

おわり

ふしぎなトンネル

ある町《まち》の朝《あさ》、なおたろうくんとかおるさんは、はいこうの学校《がっこう》へ行《い》きました。学校《がっこう》にトンネルがありました。なおたろうくんは、

「トンネル通《とお》りたいな、ふしぎなトンネルだよ」

とかおるさんに言《い》いました。かおるさんは、

「わたしもトンネルを通《とお》りたいな。ふしぎだわ」

となおたろうくんに言《い》いました。

なおたろうくんは男《おとこ》の子《こ》です。かおるさんは女《おんな》の子《こ》です。

二人《ふたり》は、トンネルに入《はい》りました。入《い》り口《ぐち》は大《おお》きいトンネルで、おくはまっくらです。中《なか》に入《はい》ったら明《あか》るいほうせきがきらきらにばらばらに赤色《あかいろ》や黄色《きいろ》、白色《しろいろ》といろいろな色《いろ》でならべてありました。二人《ふたり》はトンネルを歩《ある》きました。なおたろうくんは、

「きれいなトンネルだ。中《なか》のほうせきはきれいだよ」

とかおるさんに言《い》いました。かおるさんは、

「きれいなほうせきよ。ほしいな」

となおたろうくんに言《い》いました。かおるさんはなおたろうくんに、

「おねがい、ほうせきとってきて」

とねだりました。なおたろうくんは、

「だめだよ。トンネルさんのものをかってにもっていったらだめだよ」

とかおるさんをおこりました。かおるさんは、なおたろうくんにないしょでほうせきをもっていきました。だんだん明《あか》るくなりました。出口《でくち》に出《で》ました。トンネルから出《で》ました。出《で》たところはビルがいっぱいの町《まち》でした。

なおたろうくんとかおるさんはびっくりしました。トンネルはビルのまどにありま

した。なおたろうくんは、「えー、ビルがいっぱいだ」とまわりを見《み》ながらおどろいてました。かおるさんは、「きゃー、ビルがたくさんだわ」とびっくりしました。

二人《ふたり》はビルがいっぱいの町《まち》を歩《ある》きました。人《ひと》がいっぱいでした。まわりは二人《ふたり》より大《おお》きなおにいさん、おねえさんがいっぱい歩《ある》いていました。歩《ある》いてたらおねえさんとおにいさんはビルに入《はい》りました。なおたろうくんはビルに入《はい》りました。

おにいさんとおねえさんはビルの中《なか》で歩《ある》いてエレベーターに入《はい》って中《なか》にのりました。案内《あんない》の人《ひと》がいました。二人《ふたり》は案内《あんない》の人《ひと》のところまで歩《ある》きました。なおたろうくんは案《あん》内《ない》の人《ひと》に聞《き》きました。

「おにいさんとおねえさんたち何《なに》をしてるんですか」と聞《き》きました。案内《あんない》の人《ひと》は、「おにいさんとおねえさんたちはお仕事《しごと》してますよ。会社《かいしゃ》ではたらいていますよ」と答《こた》えました。

かおるさんは、「パパもはたらいてるの」と案内《あんない》の人《ひと》に聞《き》きました。「パパももちろん会社《かいしゃ》ではたらいてますよ」と答《こた》えてました。案内《あんない》の人《ひと》は女《おんな》の人《ひと》です。二人《ふたり》は案内《あんない》の人《ひと》におれいを言《い》ってビルを出《で》ました。二人《ふたり》はまた歩《ある》きました。歩《ある》いているとビルとビルの間《あいだ》にわき道《みち》がありました。二人《ふたり》はわき道《みち》を入《はい》りました。わき道《みち》を歩《ある》いてたら、おうちがいっぱいでした。なおたろうくんは、

「わーい、おうちがいっぱいある。わき道《みち》に、なんであるんだよ」

とおどろきました。かおるさんは、

「本当《ほんとう》、おうちがたくさんあるわよ」

とおどろきました。歩《ある》いていたらおうちのげんかんにトンネルがありました。げんかんのドアがトンネルでした。二人《ふたり》はげんかんのドアへ歩《ある》きました。トンネルに入《はい》りました。トンネルの中《なか》は、さっきより明《あか》るい青空《あおぞら》みたいなトンネルです。かおるさんは、

「きれいな青空《あおぞら》だわ。さっきより明《あか》るいわ」

となおたろうくんに言《い》いました。なおたろうくんは、「そうだね」とかおるさんに言《い》いました。

歩《ある》いていると出口《でぐち》に出《で》ました。出口《でくち》では海岸《かいがん》に出《で》ました。海岸《かいがん》は人《ひと》でいっぱいでした。夏《なつ》みたいなあつさと青空《あおぞら》で晴《は》れた空《そら》です。なおたろうくんとかおるさんはあつかったので海《うみ》に入《はい》りました。くつをぬいでくつしたをぬいで海《うみ》に入《はい》りました。あさい

ところに入《はい》りました。かおるさんは、なおたろうくんの頭《あたま》に海《うみ》の水《みず》をかけました。

「気《き》もちいい？　なおたろうくんどうなの」

ってなおたろうくんに言《い》いました。なおたろうくんは、かおるさんのかみにかけました、海《うみ》の水《みず》を。かおるさんは「キャーやったな」となおたろうくんに言《い》って水《みず》をかけました。二人《ふたり》でかけあいました。

なおたろうくんは、「気《き》もちいい。でもぬるいな」とかおるさんに言《い》いました。

海《うみ》を上《あ》がってから、くつしたをはきました。くつをはきました。二人《ふたり》ともはきました。海岸《かいがん》からトンネルがあらわれました。なおたろうくんとかおるさんはトンネルを歩《ある》きました。中《なか》に入《はい》ったら、今度《こんど》は海《うみ》の色《いろ》の青色《あおいろ》になりました。なおたろうくんは、「今度《こんど》は海《うみ》の色《いろ》してるよ。海《うみ》みたいだ」とかおるさんに言《い》いました。

かおるさんは、「どうしよう。ほうせきをもってきたよ。トンネルさんから。どうしよう」と、ほうせきのことを思《おも》い出《だ》してこまっていました。

歩《ある》いたら出口《でぐち》に出《で》ました。今度《こんど》はうちがいっぱいの町《まち》でした。おうちがいっぱいでした。歩《ある》いてたら、なおたろうくんは先《さき》に行《い》ってどんどん歩《ある》きました。かおるさんはおそいので、だんだんとなおたろうくんにおいてきぼりになりました。かおるさんは、「わたしは歩《ある》くのはおそいし、なおたろうくんよりおそいの、なおたろうくん速《はや》すぎるわ」

とかおるさんはがっかりしました。そしてなおたろうくんにスマートフォンでメールしました。

メールで「公園《こうえん》でまってます。じどう公園《こうえん》でまってます」となおたろうくんにおくりました。

かおるさんはじどう公園《こうえん》へ行《い》きました。歩《ある》いていると学校《がっこう》がえりの大《おお》きいおにいさんやおねえさんたちに「公園《こうえん》はどこですか」とたずねました。「じどう公園《こうえん》どこですか」とたずねました。そして教《おし》えてもらったところまで歩《ある》いていきました。そしてじどう公園《こうえん》へつきました。じどう公園《こうえん》のベンチにつきました。ベンチでなおたろうくんをまちました。

一方《いっぽう》、なおたろうくんは、おうちがいっぱいのところで、かおるさんをまちました。

なおたろうくんは、

「おそいな、かおるさんおそいよ。足《あし》おそいからな、まじめだからな」

ってまっていました。まってから、スマートフォンがなりました。スマートフォンを出《だ》してメールを見《み》ました。メールでかおるさんは、

「じどう公園《こうえん》でまってます。足《あし》おそいから先《さき》にじどう公園《こうえん》のベンチでまってますわ」

とメールでおしらせしてました。なおたろうくんはスマートフォンをポケットにしまいました。コートのポケットにしまいました。

歩《ある》いてじどう公園《こうえん》へむかいました。じどう公園《こうえん》をさがしました。どこかわかりません。歩《ある》いてる学校帰《がっこうがえ》りの大《おお》きいおにいさんおねえさんにたずねました。おにいさんおねえさんに教《おし》えてもらいました。じどう公園《こうえん》のばしょを教《おし》えてもらいました。まわりは赤《あか》い色《いろ》にこうようして、秋《あき》です。そして歩《ある》きました。

さがしたらじどう公園《こうえん》を見《み》つけました。じどう公園《こうえん》に入《はい》りました。歩《ある》いたらベンチを見《み》つけました。かおりさんを見《み》つけました。かおるさんのところまで歩《ある》きました。なおたろうくんは、かおるさんをおこりました。

「おそいよ足《あし》が。どうして？　おそいよ」

とおこりました。かおるさんは、

「ごめんなさいね。おそい足《あし》で」

となおたろうくんにあやまりました。

まわりはすべり台《だい》やブランコがありました。なおたろうくんはすべり台《だい》ですべってあそびました。なんかいもすべってあそびました。かおりさんはブランコでこいでました。なおたろうくんにおしてもらってこぎました。なん回《かい》もこぎました。

あそんだあとベンチで休《やす》みました。ベンチの前《まえ》にとつぜんトンネルがあらわれました。そして二人《ふたり》でベンチから立《た》ってトンネルへ歩《ある》きました。トンネルにむかって歩《ある》きだしました。なおたろうくんが先《さき》にトンネルに入《はい》りました。あとにつづけてかおるさんがトンネルに入《はい》りました。

トンネルに入《はい》ったら、はじめに入《はい》ったトンネルでした。ほうせきがついたトンネルです。ひとつ、ほうせきがありません。なおたろうくんが見《み》たらかおるさんのポケットの中《なか》でほうせきが光《ひか》りました。トンネルのせいがおこりました。

「だれだ、ほうせきをもって帰《かえ》ったのはだれだ。かってにもって帰《かえ》ったのはだれだ」

とおこりました。なおたろうくんは、かおりさんに、

「かってにほうせきをもって帰《かえ》ったらだめだよ。トンネルさんのものだから」

とかおるさんをおこりました。

かおるさんは「わたしのものだからだめだわ」となおたろうくんをおこりました。

なおたろうくんは、かおるさんに「だめだよ、トンネルさんのもの。だめだよ」と
かおるさんをおこりました。

かおるさんは、「わかったよ」となおたろうくんにおこられました。

かおるさんはトンネルさんのほうせきを元《もと》のところにおきました。そしてかえしました。トンネルさんは、「ありがとう、ほうせきかえしてくれて」とおれいを言《い》いました。かおるさんとなおたろうくんに言《い》いました。

かおるさんとなおたろうくんは歩《ある》いてトンネルを出《で》ました。外《そと》に出《で》たら、元《もと》のはいこうの学校《がっこう》にもどりました。なおたろうくんとかおるさんはトンネルを見《み》ました。

「ふしぎなトンネルだよ」

となおたろうくんはかおるさんに言《い》いました。かおるさんは、

「ほうせきがほしかったわ」

となおたろうくんに言《い》いました。がっかりしてました。

それから二人《ふたり》はなかよしになって、おうちへ二人《ふたり》は分《わ》かれて帰《かえ》りました。

二人《ふたり》はずーっとなかよしでした。

おわり

夜《よる》のマラソン

おはら島《じま》のみのるくんとかおるさんは、夜《よる》のマラソンで走《はし》っています。とちゅうで一人《ひとり》と二人《ふたり》と二人《ふたり》がさんかして、東京県《とうきょうけん》の県《けん》ちょうにあるゴールをめざします。

物語《ものがたり》のはじまる前《まえ》

「まほうづかい」のおねえさんは、夜《よる》、モニターで見《み》てました。お昼《ひる》のようすを見《み》ました。おはら島《じま》で走《はし》っていた、みのるくんとかおりちゃんのようすを見《み》ました。

「みのるくんとかおりさん、がんばっているねー。そうだー夜《よる》のマラソン大会《たいかい》をはじめたら、あの二人《ふたり》はきっと来《く》るわー。この夜《よる》のマラソンにさんかするに決《き》まってるわー。わたしのかんだけどーきっと来《く》るわー」

と、まほうづかいのおねえさんはそう思《おも》いました。

「そうだ。わたしの考《かんが》えた夜《よる》のマラソン、おはら島《じま》と、ほかの島々《しまじま》の走《はし》る人《ひと》たちをよんで、大会《たいかい》をすればいいわー。東京県《とうきょうけん》の県《けん》ちょうをゴールにして、島々《しまじま》の海《うみ》の道《みち》の上《うえ》にまほうで道《みち》を作《つく》って走《はし》ってる。みんなで走《はし》ってもらい、海《うみ》の道《みち》の上《うえ》でパンを作《つく》って食《た》べてもらってー、また走《はし》るっていいわー。いいアイデアだわー。いそいでやるわー。わたしって天才《てんさい》だわー。そうだ、スタート地点《ちてん》は、わたしのだいりの人《ひと》をよんで、スタートをしてもらえばいいわー。きっとよろこぶわー。きっとー」

と、まほうづかいのおねえさんは、モニターを見《み》てから言《い》いました。

「さてー、夜《よる》に、みのるくんとかおりさんのところへ行《い》って、夜《よる》のマラソン大会《たいかい》にさそうわー」

とまほうづかいのおねえさんは、みのるくんとかおりさんのところへ行《い》きました。

島《しま》と東京《とうきょう》でマラソンの夜《よる》

ある日《ひ》のおはら島《じま》。みのるくんは11さいの男《おとこ》の子《こ》です。おはら島《じま》にすんでいます。おはら島《じま》というのは、東京県《とうきょうけん》にある島《しま》です。

ある朝《あさ》みのるくんは、かおりさんと走《はし》っていました。かおりさんは10さいの女《おんな》の子《こ》です。みのるくんとかおりさんは走《はし》ってました。島《しま》を回《まわ》っていました。みのるくんは走《はし》りながら、「今日《きょう》はいい天気《てんき》だよー」とかおりさんに言《い》いました。

いっしょに走《はし》っているかおりさんは、

「みのちゃんー速《はや》いよー。もう少《すこ》しゆっくりしてよー」

とみのるくんにおこっていました。なぜって、みのるくんは足《あし》が速《はや》いので、どんどん先《さき》に行《い》って見《み》えなくなるからです。それにくらべて、かおりさんはゆっくりと走《はし》るので、おそいのです。いつもかおりさんは「はーはー」といきをきらしながら、走《はし》ってました。

みのるくんは「わるいーわるいー」とかおりさんにあやまっていました。朝《あさ》のできごとです。島《しま》の人《ひと》は「がんばれー」と二人《ふたり》をおうえんしていました。二人《ふたり》はいっしょうけんめい走《はし》って、島《しま》を1しゅうしました。みのるくんとかおりさんは、走《はし》りました。なぜ走《はし》るのかって、それはきのうの夜《よる》、まほうづかいのおねえさんが、みのるくんとかおりさんの前《まえ》にあらわれたからでした。

まほうづかいのおねえさんは、二人《ふたり》に言《い》いました。

「明日《あした》の夜《よる》、マラソン大会《たいかい》をするので、みのるさんとかおりさんは、役場《やくば》の前《まえ》に来《き》て、そこからスタートして島《しま》を1しゅうしてから、みなとから海《うみ》をわたって、東京県《とうきょうけん》の県《けん》ちょうまで走《はし》る。わたしはみのるさんとかおりさんのところでまってるわー。スタート地点《ちてん》は、わたしのまほうをつかってスタッフがスタートの合図《あいず》をするわー。海《うみ》にはまほうの道《みち》を作《つく》るから、この道《みち》をあなたがた二人《ふたり》で走《はし》ってわたってねー。とちゅうで、海《うみ》の上《うえ》のパンやさんが3つあるわー。ここでパンを食《た》べるのー。かならず3つとも食《た》べてくださいねー」

「いいよー。走《はし》ればいいんだなー。おねえさんー」

みのるくんは、まほうづかいのおねえさんにそう答《こた》えました。

かおりさんは「走《はし》ってもいいのー？」とまほうづかいのおねえさんに聞《き》きました。

「いいわよー。さいしょは、二人《ふたり》で走《はし》るよていだわー。あとでイオン島《じま》から二人《ふたり》と、アンゼルセン島《じま》から二人《ふたり》、ぜんぶで4人《にん》がとちゅうで走《はし》ってくるのー。つまり6人《にん》になるわー」

とまほうづかいのおねえさんは、そうみのるくんとかおりさんに言《い》いました。

「あともうひとつ、新島《しんとう》から二人《ふたり》走《はし》るわー。つまり8人《にん》になるわー」

と、まほうづかいのおねえさんは、二人《ふたり》に言《い》いました。


それでみのるくんとかおりさんは、きのうの夜《よる》のことを思《おも》い出《だ》して走《はし》るれんしゅうをしました。

かおりさんはのろいので、おそいので、いつもみのるくんにこまられてます。かおりさんはいつも、みのるくんのうしろを走《はし》ってます。かおりさんは、なぜ、いつもみのるくんのあとで走《はし》っているのか？　今《いま》もわかりません。

じつはみのるくんは、そんなかおりさんが「大《だい》すきー」とはずかしそうに言《い》います。みのるくんはかおりさんのことを「妹《いもうと》だよー」と言《い》ってます。「妹《いもうと》みたいだよー」といつもそう言《い》ってました。かおりさんは、

「みのるはーわたしにとっておにいちゃんみたいー。たよりになるー。おにいちゃんーいつもみのるにいちゃんー」とそう言《い》ってました。二人《ふたり》は、走《はし》りながら、そう言《い》ってました。今日《きょう》の朝《あさ》に、走《はし》りながら二人《ふたり》はそう言《い》ってました。

二人《ふたり》はやがて、町役場《まちやくば》につきました。走《はし》りおわってから、二人《ふたり》は役場《やくば》できゅうけいしました。みのるくんは、ペットボトルに入《はい》っている水《みず》をのみました。あとで、かおりさんもペットボトルに入《はい》ってる水《みず》をのみました。

きゅうけいしてるときはお昼《ひる》でした。みのるくんは、「もう昼《ひる》かー」とかおりさんに言《い》ってました。

かおりさんは「えーもうお昼《ひる》ーごはんの時間《じかん》だわー」と役場《やくば》から走《はし》って、おうちへ帰《かえ》りました。みのるくんに、

「今《いま》ーごはんの時間《じかん》だわー。みのるおにいちゃんー、ごはん食《た》べてからー役場《やくば》でーまた走《はし》るわー。ごはん食《た》べていきますわー。みのるおにいちゃんもーごはん食《た》べてからー役場《やくば》にー来《き》てねー。それからわたしはおそいから、みのるおにいちゃんは速《はや》いから、わたし来《く》るまでまつのおねがいねー。みのるおにいちゃんー」

と言《い》って、かおりさんは走《はし》っておうちへ帰《かえ》りました。このあと、役場《やくば》できゅうけいしていたみのるくんは、走《はし》っておうちへ帰《かえ》りました。みのるくんは、

「いそいでごはんを食《た》べようー。きょうの昼《ひる》ごはんはアンゼルセン島《じま》のパンのサンドイッチだよー。アンゼルセン島《じま》で作《つく》ったパンだよー。しかもアンゼルセン島《じま》はパンを作《つく》ってる工場《こうじょう》があるよー」

とみのるくんは、アンゼルセン島《じま》のじまんをしてました。みのるくんは役場《やくば》からおうちへむかって走《はし》ってました。みのるくんのおうちは役場《やくば》から近《ちか》くで、すぐとなりなのでラクです。役場《やくば》からとなりなので、すぐあっというまで「とうちゃく。すぐとなりーついたー」とみのるくんはおうちにつきました。みのるくんはおうちのドアをあけました。げんかんを入《はい》りました。みのるくんはドアから入《はい》って、げんかんに入《はい》って

からくつをぬいでおうちへ入《はい》りました。みのるくんはリビングに入《はい》りました。それでみのるくんは台所《だいどころ》に入《はい》ってました。れいぞうこへ行《い》ってドアをあけて、みのるくんは中《なか》を見《み》ました。中《なか》にアンゼルセン島《じま》で作《つく》ったサンドイッチがありました。

「あったーアンゼルセン島《じま》のパンやさんのサンドイッチ。やったー」

とみのるくんはよろこびました。みのるくんはアンゼルセン島《じま》のサンドイッチをとりました。みのるくんはれいぞうこをしめてからリビングへ行《い》き、いすとテーブルのところへ行《い》って、いすにすわってからみのるくんはアンゼルセン島《じま》のサンドイッチを食《た》べました。中《なか》はゆでたまごとハムが入《はい》ってました。もうひとつはハムとレタスが入《はい》ってました。みのるくんは、

「やっぱりおいしいよー新鮮《しんせん》だーアンゼルセン島《じま》で作《つく》ったパンやさんでパンをやいてハムは手作《てづく》りだしーゆでたまごはおいしいからサンドイッチで食《た》べるのがおいしいです」

とみのるくんは食《た》べながらかんそうを一人《ひとり》で言《い》ってました。あともうひとつのハムとレタスのサンドイッチを食《た》べました。

「アンゼルセン島《じま》で作《つく》ったパンが、できたてでやきたてでやわらかいのでおいしいなーレタスはみずみずしくて水《みず》っぽくておいしいなー」

ともうひとつのハムとレタスのサンドイッチのかんそうを一人《ひとり》で言《い》ってました。食《た》べながら言《い》ってました。ゆでたまごとハムのサンドイッチも食《た》べながらかんそうを言《い》ってました。

みのるくんはアンゼルセン島《じま》のサンドイッチを食《た》べました。食《た》べおわったらみのるくんはリビングから出《で》て歩《ある》きました。げんかんを出《で》る前《まえ》、ビニールぶくろをゴミばこへすてました。

みのるくんはおうちを出《で》ました。ドアをあけてからおうちを出《で》ました。みのるくんはドアをしめてからまた走《はし》っておうちを出《で》ました。走《はし》って役場《やくば》へむかいました。

「さてー役場《やくば》まで行《い》ってまた走《はし》るかー。たぶんかおりちゃんーまだ昼《ひる》ごはんを食《た》べてるさいちゅうだよー行《い》こうかー」

とみのるくんは走《はし》って役場《やくば》にむかいました。みのるくんは走《はし》りながら、

「かおりちゃん今何《いまなに》ーをしてるのかな。たぶんお昼食《ひるた》べながら何《なに》か気《き》になることを

やってるよ。いつものようにー」

とみのるくんはそう思《おも》いました。走《はし》りながらやがて役場《やくば》が見《み》えました。みのるくんは「役場《やくば》は見《み》えたよーもう少《すこ》しだー」とがんばって走《はし》っていました。みのるくんは走《はし》ってたら、役場《やくば》にかおりさんがついてまっていました。かおりさんは、

「みのるおにいちゃんまだ来《き》てないよーまだかなーみのるおにいちゃんー」

とかおりさんはみのるくんをまってました。一人《ひとり》でみのるくんをまってました。みのるくんはまだ走《はし》ってました。走《はし》っていたらかおりさんがまってました。みのるくんは、

「あれーかおりちゃんー、早《はや》くついてるよー早《はや》いよーかおりちゃんーいつもおそいのにー今日《きょう》は早《はや》いよー」

とみのるくんはかおりさんにかんしんしました。みのるくんはあわてて走《はし》りました。あわてて走《はし》ったら、みのるくんはつまずきました。「あー」と言《い》ってつまずきました。石《いし》があったのでつまずきました。

みのるくんは「石《いし》めーぼくの足《あし》にあたったーいたいーいたいよーイテテーいたいー」とみのるくんはいたそうです。みのるくんは足《あし》がいたそうです。みのるくんは

かおりさんがいるので、いたいのをがまんしてました。

みのるくんはかおりさんのところへ行《い》きました。走《はし》ってました。もう少《すこ》しでかおりさんというところで「かおりちゃん、早《はや》いよー」と足《あし》のいたいのをがまんしていたみのるくんは、かおりさんにそう言《い》ってました。かおりさんは、「そうーわたしは早《はや》いのーどうしてって聞《き》かないでー」とみのるくんにそう答《こた》えました。みのるくんは「ふしぎだなあーなぜ、かおりちゃんはー早《はや》く来《く》るんだろうー」とかおりさんが早《はや》く来《く》るのを「ふしぎだ、なぜー」とふしぎそうです。

かおりさんは「さてー走《はし》るわーみのるおにいちゃん走《はし》るわよー」とみのるくんにそう言《い》って走《はし》りだしました。

かおりさんは走《はし》ってました。あとからみのるくんも走《はし》りだしました。二人《ふたり》はお昼《ひる》も走《はし》りました。朝《あさ》とおんなじ町《まち》を通《とお》って海岸《かいがん》を通《とお》り、みなとを回《まわ》って水族館島《すいぞくかんしま》の町《まち》を回《まわ》りました。町《まち》の役場《やくば》にもどりました。

みのるくんとかおりさんは役場《やくば》にもどってから、みのるくんは「夜《よる》がくるの、まだかな?」と夜《よる》のくるのが「わくわくする」と一人《ひとり》でまちきれなさそうです。かおりさんは「わたし、走《はし》れるのかな？」とふあんそうにみのるくんにそう言《い》ってました。

水族館島《すいぞくかんしま》は水族館《すいぞくかん》があるんです。おはら島《じま》から少《すこ》しはなれています。はしがあるので、おはら島《じま》とつながってます。だからみのるくんとかおりさんは、はしをわたって走《はし》ってました。

かおりさんは「さあーゆっくりとまちますわー。夜《よる》がくるの、楽《たの》しみになったわー」と笑顔《えがお》になりました。みのるくんは「何《なに》を？　うれしそうだよー」とかおりさんに聞《き》きました。かおりさんは「ひみつーないしょー」とみのるくんにそう言《い》って走《はし》ってにげました。役場《やくば》からにげました。

みのるくんは「まてー」とかおりさんをおいかけました。かおりさんはにげてました。役場《やくば》を出《で》ました。それでかおりさんは、「うちへ帰《かえ》って夜《よる》の用意《ようい》をするわー夜《よる》に役《やく》場《ば》でまっててねーみのるにいちゃんー」とみのるくんにそう言《い》って、うちに帰《かえ》りました。

このあとみのるくんも、

「一人《ひとり》で帰《かえ》ろうー。夜《よる》に役場《やくば》へ行《い》ってマラソンをしようー。かおりさんといっしょにするよー」

ととなりのうちに帰《かえ》りました。みのるくんもかおりさんがいないので、うちに帰《かえ》りました。

この夜《よる》、みのるくんとかおりさんは、役場《やくば》にいました。みのるくんは「もう夜《よる》になったよー」とかおりさんにそう言《い》ってました。かおりさんは「もう夜《よる》のマラソン大《たい》会《かい》みたいになったわー」とみのるくんにそう答《こた》えました。

みのるくんとかおりさんが役場《やくば》でまっていたら、まほうづかいのおねえさんのつかいの人《ひと》があらわれました。つかいの人《ひと》はわかいイケメンのおにいさんでした。それを見《み》たかおりさんは「あれー、わたしが大《だい》すきなイケメンのおにいさんだわーうれしいなー」とよろこんでました。つかいの人《ひと》は、

「まほうづかいのおねえさんにたのまれたのでスタート地点《ちてん》でよーいどんのかかりのたんとうの『まつい』です。おねえさんのかわりです。おねえさんは東京県《とうきょうけん》の県《けん》ちょうでまってます。ゴール地点《ちてん》でまっています。ゴールめざしてがんばってくださいー用意《ようい》をしてくださいーみのるくんとかおりさん、おねがいしますー」

と言《い》ったので、みのるくんとかおりさんはスタート地点《ちてん》へ行《い》きました。

このころ、まほうづかいのおねえさんはゴール地点《ちてん》の東京県《とうきょうけん》の県《けん》ちょうでまってました。おねえさんはまほうでモニターを出《だ》してました。まほうをつかってました。おねえさんはまほうのモニターでうつしました。みのるくんとかおりさんのようすをうつしました。つまり役場《やくば》のスタート地点《ちてん》をうつしました。まほうづかいのおねえさんは、

「みのるくんとかおりさん二人《ふたり》ともがんばってーそろそろスタートだわーわたしもゴールでモニターを見《み》ながらおうえんするわーがんばれー」

と二人《ふたり》をおうえんしてました。

このころ、みのるくんとかおりさんはスタート地点《ちてん》についてまってました。スタートをまってました。つかいのおにいさんが「ようい、スタート」と言《い》ってから、みのるくんとかおりさんはスタートしました。みのるくんとかおりさんは走《はし》りました。役場《やくば》から出《で》ました。

みのるくんはトップで走《はし》りました。だいぶはなれてからかおりさんが走《はし》ってました。みのるくんはトップを走《はし》って島《しま》を回《まわ》りました。走《はし》りながらみのるくんは、「おそい

よーかおりちゃんはぐずぐずだからー」と走《はし》りながらそう一人《ひとり》で言《い》ってました。みのるくんのだいぶあとで、かおりさんは走《はし》ってました。このころ役場《やくば》にいたつかいのおにいさんは、

「まほうづかいのおねえさんねーそろそろみなとへ先回《さきまわ》りしないと、海《うみ》の道《みち》をつくらないと、まほうをつかってつくらないと二人《ふたり》とも海《うみ》に入《はい》ったらおぼれてしんじゃうので、道《みち》がないと二人《ふたり》がわたれなくなるよー道《みち》をつくらないとーいそいで行《い》こうー」

とまほうをつかって役場《やくば》からきえました。

そしてみなとにつかいのおにいさんがあらわれました。つかいのおにいさんは海《うみ》べへ行《い》って、まほうで海《うみ》の道《みち》ができました。みなとの海《うみ》べから道《みち》ができました。まほうの海《うみ》の道《みち》です。どんどん海《うみ》の道《みち》があらわれて、つぎつぎと道《みち》ができました。

「道《みち》ができたよー海《うみ》の道《みち》ができたよーこれでみのるくんとかおりさんは海《うみ》の道《みち》で走《はし》れるよー」

とつかいのおにいさんは海《うみ》の道《みち》をまほうでつくりました。つかいのおにいさんは、みのるくんとかおりさんの来《く》るのをまちました。そのころ、みのるくんはまだ走《はし》って

ました。島《しま》を半分《はんぶん》走《はし》ってました。かおりさんは、はなれて走《はし》ってました。二人《ふたり》はいっしょうけんめい走《はし》ってました。先《さき》にみのるくんがみなとに来《き》ました。みのるくんはびっくりしました。

「あれー行《い》き止《ど》まりのところに道《みち》ができているー海《うみ》の道《みち》ができているーしかも海《うみ》の上《うえ》に道《みち》ができているよーうれしいなー」

とみのるくんは行《い》き止《ど》まりのところを通《とお》って海《うみ》の道《みち》をわたりました。行《い》き止《ど》まりのところから海《うみ》があって道《みち》ができました。海《うみ》に道《みち》ができました。2本《ほん》の道《みち》ができました。みのるくんは道《みち》をわたりました。行《い》き止《ど》まりの海《うみ》の道《みち》をわたってから道《みち》の上《うち》でみのるくんは走《はし》ってました。おはら島《じま》をはなれていきました。みのるくんはおはら島《じま》を見《み》て、

「行《い》ってきます。おはら島《じま》をだんだんはなれていったーそれからどんどん走《はし》るぞーそれにつけてもおそいなーかおりちゃんー」

とみのるくんはそう言《い》って走《はし》ってました。いっしょうけんめい走《はし》ってました。

このあと、かおりさんがみなとに来《き》てました。

「あれーみのるおにいちゃんが海《うみ》の上《うえ》の道《みち》で走《はし》ってるわー海《うみ》の上《うえ》で走《はし》ってるわー」

とかおりさんはみのるくんの走《はし》ってるところを見《み》てそう思《おも》いました。それでかおりさんは、

「わたしもがんばるよーみのるおにいちゃんみたいに速《はや》く走《はし》るよーみのるおにいちゃんみたいになりたいわー」

とかおりさんはそうちかいました。かおりさんはみのるくんのあとをおいかけました。

「さてーみのるおにいちゃんのあとをおいかけないと、きっとみのるおにいちゃんまってるわーきっとねー」

とかおりさんはみのるくんのところへ走《はし》りました。それでかおりさんはみなとから走《はし》って行《い》き止《ど》まりのところを通《とお》って海《うみ》の上《うえ》の道《みち》をわたりました。そして海《うみ》の上《うえ》の道《みち》を走《はし》りました。かおりさんは、

「みのるおにいちゃんのところへ行《い》くわーやっと海《うみ》の上《うえ》の道《みち》をわたれたわーそれでおにいちゃんのところへ行《い》けるわー」

とかおりさんは走《はし》りながらそう言《い》ってました。いっしょうけんめい走《はし》っていました。

かおりさんはみのるおにいちゃんにおいつくのかな？　楽《たの》しみです。

一方《いっぽう》、みのるくんはおはら新島《しんとう》につきました。みのるくんは新島《しんとう》を回《まわ》りました。半《はん》しゅうほど回《まわ》りました。島《しま》のうらについたらまん中《なか》は山《やま》があって、山《やま》の下《した》はまだ新《あたら》しい町《まち》がありました。

うらがわにちはるちゃんがいました。ちはるちゃんは10さいの女《おんな》の子《こ》です。それでちはるちゃんは「みのるおにいちゃん大《だい》すきーわたしも走《はし》ってもいいのー」とみのるおにいちゃんに聞《き》きました。みのるおにいちゃんは「いいよーちはるちゃんーだいじょうぶかなーちはるちゃんーおそいし、ついていけるのーちはるちゃんー」とちはるちゃんに聞《き》きました。ちはるちゃんはみのるおにいちゃんの妹《いもうと》ぶんで、かわいい女《おんな》の子《こ》です。

みのるくんは島《しま》のうらの海《うみ》の上《うえ》の道《みち》をわたりました。「さあー走《はし》るぞー」とみのるくんはまた走《はし》りました。ちはるちゃんはあとからついてきました。

「みのるおにいちゃん、まってよーわたしも行《い》くー」とあとからついていくちはるちゃん。先《さき》に走《はし》るみのるくんはどんどん走《はし》りました。

一方《いっぽう》、かおりさんはやっとおはら新島《しんとう》につきました。かおりさんも島《しま》を半《はん》しゅう回《まわ》りました。回《まわ》ったらちはるちゃんのおかあさんがいました。ちはるちゃんのおかあさんは、

「うちのちはるーみのるおにいちゃんと走《はし》るって言《い》ってうちを出《で》ていったきり帰《かえ》ってこないのー。かおりちゃん知《し》らないー」とかおりさんに聞《き》きました。かおりさんは、

「知《し》らないよーでも、ちはるちゃんのことだからーみのるおにいちゃんのあとをついていったんだわーちはるちゃんのおかあさんーたぶんちはるちゃんはみのるおにいちゃんのあとをおいかけていったんだわー」

とかおりさんはちはるちゃんのおかあさんにそう言《い》ってました。そしてかおりさんはちはるちゃんのおかあさんに「じゃー行《い》ってきますーまた走《はし》りますねー」「ばいばい」とあいさつをして、また走《はし》りました。

そしてかおりさんは海《うみ》の上《うえ》の道《みち》をわたりました。

「さあーみのるおにいちゃんとちはるちゃんをおいかけるわーがんばらないとー二人《ふたり》とも速《はや》いんだもん」

とかおりさんはみのるくんとちはるちゃんのあとをおいかけました。みのるくんは前《まえ》を見《み》て走《はし》ってました。海《うみ》の上《うえ》の道《みち》を走《はし》ってました。うしろをちはるちゃんがおいかけてきました。

「おにいちゃんまってーみのるおにいちゃん大《だい》すきよーだからにげないでよー」

とちはるちゃんはみのるおにいちゃんにそう言《い》っておいかけ回《まわ》しました。

「やだよーちはるちゃんーあんまりしつこいときらいだよー本当《ほんとう》にちはるちゃんはぼくのおっかけだよーこまったちはるちゃんだよー。本当《ほんとう》にきらいになるよーちはるちゃんーこまったよー」

とみのるくんは走《はし》りながらこまってました。海《うみ》の上《うえ》の道《みち》を走《はし》っていたら、ひとつのパンやさんがありました。とちゅうにあって海《うみ》の上《うえ》の道《みち》にありました。つぎのイオン島《じま》の間《あいだ》にありました。みのるくんは「ぐー」とおなかがすいてました。

「おなかすいたー前《まえ》にパンやさんがあったのでーやったーパンやさんがあったよーうれしいしーおなかすいたよー」とみのるくんはパンやさんにつきました。みのるくんは「海《うみ》の上《うえ》の道《みち》のパンやさんだーやったーおなかすいたよー」とパンやさんに入《はい》りました。

パンやさんの人《ひと》がいました。「いらっしゃいませー」とあいさつしました。お店《みせ》の中《なか》はパンでいっぱいでした。みのるくんはサンドイッチとコーヒー牛乳《ぎゅうにゅう》を買《か》ってました。アンゼルセン島《じま》さんのサンドイッチです。みのるくんはお店《みせ》の人《ひと》にさいふからお金《かね》を出《だ》してはらいました。そしてみのるくんは走《はし》ってパンやさんを出《で》ました。みのるくんはパンやさんから出《で》て走《はし》ってました。

みのるくんが出《で》たあとに、ちはるちゃんがパンやさんに入《はい》りました。入《はい》ったらちはるちゃんは、

「みのるおにいちゃんはサンドイッチ大《だい》すきだわー。わたしもおにいちゃんと同《おな》じサンドイッチを買《か》って、おにいちゃんみたいに元気《げんき》なーちはるになるわーかおりおねえちゃんにまけないわーがんばる。ちはるーまけないわー」

とそう一人《ひとり》で言《い》ってました。ちはるちゃんはようふくのポケットからさいふを出《だ》しました。レジでパンやさんのお店《みせ》の人《ひと》にお金《かね》をわたしました。ちはるちゃんは「ありがとうー」とパンやさんのお店《みせ》の人《ひと》におれいをしました。パンやさんは「ベーカリー

まき」というのがお店《みせ》の名前《なまえ》です。ちはるちゃんはお店《みせ》の中《なか》でサンドイッチを食《た》べました。ハムとたまごのサンドイッチです。ちはるちゃんは「おいしいわー。ハムのおいしさとたまごやきのやいたかんじがおいしいわー」とおいしそうに食《た》べてました。

このころ、かおりさんはまだ走《はし》ってました。

「おはら新島《しんとう》はまだ新《あたら》しいので、町《まち》はいい人《ひと》たちだったわー。とてもやさしい人《ひと》たちだわー」

とかおりさんはおはら新島《しんとう》のできごとを思《おも》い出《だ》しながら走《はし》ってました。

「おはら新島《しんとう》の町《まち》の人《ひと》たちはやさしい人《ひと》でしたわー。わたし大《だい》すきだわー」

とかおりさんはうれしそうに思《おも》い出《で》にひたりながら走《はし》ってました。

このころ、東京県《とうきょうけん》の県《けん》ちょうでまほうづかいのおねえさんはモニターで二人《ふたり》が走《はし》ってるところを見《み》てました。

「やっぱりみのるくんはトップで走《はし》ってるわーよこで走《はし》ってるのは、ちはるちゃんねーおはら新島《しんとう》からきた子《こ》で、みのるくんが大《だい》すきな女《おんな》の子《こ》ねーがんばってねーちはるちゃんー。あと、かおりさんおそいねーそのまま行《い》けば、みのるくんにどんどんはなされて、なおおそくなるわー」

そう思《おも》って、「がんばれーかおりちゃんー」とまほうづかいのおねえさんがモニターを見《み》ながらかおりさんをおうえんしました。それでまた、まほうづかいのおねえさんはモニターを見《み》て、みのるくんとかおりさんを走《はし》ってるところを見《み》ながらおうえんしてました。

このころ、かおりさんは海《うみ》の上《うえ》で走《はし》ってました。走《はし》っていたらパンやさんがありました。

「たぶんみのるくんとちはるちゃんはパンやさんに入《はい》ってサンドイッチを買《か》ってから走《はし》っていったわー。たぶん走《はし》りながらーサンドイッチを食《た》べてから牛乳《ぎゅうにゅう》をのみながら走《はし》ったわー。きっとそうだわー」

とかおりさんはそう思《おも》いました。おさいふから出《だ》したお金《かね》をパンやさんの人《ひと》にわたしました。そしてかおりさんはサンドイッチを買《か》ってから走《はし》って、お店《みせ》を出《で》てからまた走《はし》りました。

お店《みせ》を出《で》てから、たつやくんがかおりさんをおいかけました。たつやくんは19さいの男《おとこ》の子《こ》で、かおりさんを大《だい》すきな男《おとこ》の子《こ》です。かおりさんは、「やー、たつやおにいちゃんよーわたし大《だい》きらいなおにいちゃんーどうして来《き》たのよーもしかしてまほうづかいのおねえちゃんのいたずらだわーいやよーきゃー」とひめいをあげてたつやくんからにげだして走《はし》りました。かおりさんはたつやくんからにげました。たつやくんはかおりさんが大《だい》すきなので「まって、かおりちゃんーおいー」とかおりさんをおいかけました。かおりさんはまた走《はし》りながらサンドイッチを食《た》べてました。

「やっぱりこれもアンゼルセン島《じま》さんのサンドイッチだからおいしいなーしかもおんなじあじでーいつもとおんなじーなんでなのー」

とかおりさんは走《はし》りながら思《おも》いました。このうしろにかおりさんをおっかけしてるたつやくんがいました。

「かおりちゃんーまってよー大《だい》すきだよ」とたつやくんが「かおりさん大《だい》すきー」と言《い》ってました。かおりさんは「わたしはみのるおにいちゃんが大《だい》すきーでもたつやお

にいちゃんは大きらいー」とたつやくんに「たつやおにいちゃんきらいよー」と答え

てました。それで、かおりさんはたつやくんからにげてました。「たつやおにいちゃんからにげないとだめだわーわたし、たつやおにいちゃんきらいだからーしつこいわーたつやおにいちゃんー」とかおりさんは走《はし》りながらたつやくんにそう言《い》ってました。かおりさんはたつやくんから走《はし》りながらにげました。かおりさんは「どんどんはなれないと、またたつやおにいちゃんが来《く》るわーしつこいたつやおにいちゃんが来《く》るわー」「さてーにげるわー」とかおりさんはどんどん走《はし》りました。たつやくんをはなしてにげてました。かおりさんはどんどんと走《はし》ってました。海《うみ》の上《うえ》の道《みち》で走《はし》ってました。

かおりさんは走《はし》っていたら、ちはるちゃんが見《み》えました。

「あらーちはるちゃんだわーやっぱりみのるおにいちゃんをねらってるわーそれでみのるおにいちゃんをおいかけてーみのるおにいちゃんに大《だい》すきだわと言《い》って。みのるおにいちゃんはちはるちゃんがきらいだもんー。で、みのるおにいちゃんはどんどんはなしてにげたにちがいないわーちはるちゃんからにげてはなしたわー」

とかおりさんは、ちはるちゃんが見《み》えたところからそう思《おも》いました。かおりさんはうしろを少《すこ》し見《み》ました。そうしたらたつやくんはいませんでした。かおりさんは前《まえ》をまた見《み》てから、

「たつやおにいちゃんをまいたーやったわーうまくまいたわーわたしがきらいなーたつやおにいちゃんーなんで来《き》たのよーたつやおにいちゃんきらいなのー」

と走《はし》りながらそう思《おも》いました。かおりさんは走《はし》りました。ちはるちゃんはうしろを見《み》たらかおりさんが来《き》てました。かおりさんが走《はし》ってました。ちはるちゃんは、

「かおりおねえちゃんが来《き》たわー速《はや》いわーやばいーわたしーぬかれるわー」

とちはるちゃんがあわてているところにかおりさんは走《はし》って、ちはるちゃんにおいつきました。かおりさんは「お先《さき》ーちはるちゃんー先《さき》に行《い》くわーばいばい、ちはるちゃん」とちはるちゃんをおいこしました。かおりさんはちはるちゃんの前《まえ》へ行《い》って走《はし》ってました。そしてかおりさんはどんどん走《はし》って、ちはるちゃんをはなして走《はし》りました。だんだんちはるちゃんが見《み》えなくなりました。

「やったー。ちはるちゃんが見《み》えなくなったわー」とかおりさんはよろこびました。

「それでみのるおにいちゃんをおいかけるわーライバルのちはるちゃんが見《み》えなくなったしー行《い》くわーわたしみのるおにいちゃんのところへー」と走《はし》ってむかいました。

かおりさんはどんどん走《はし》りました。そしてかおりさんは、みのるくんのうしろすがたが見《み》えるところまで来《き》ました。一方《いっぽう》、東京県《とうきょうけん》の県《けん》ちょうでモニターを見《み》ていたまほうづかいのおねえさんは、

「ついにちはるちゃんにおいついてから、ちはるちゃんをおいこしたのねーかおりさん。ライバルのちはるちゃんをぬいてからーかおりさんはだんだんとちはるちゃんをはなしてから、ちはるちゃんのすがたが見《み》えなくなるまで走《はし》ってましたわねーすごいよ、かおりさんーパチパチーえらいわよーかおりさんー一方《いっぽう》ぬかれてはなされたちはるちゃん、くやしがってるねーかわいそうなちはるちゃん。おねえさんーパチパチーえらいわー。ちはるちゃんーがんばれーちはるちゃんー。がんばれかおりさんー」

とかおりさんをおうえんしてました。またまほうづかいのおねえさんはモニターを見《み》て、かおりさんとみのるくんとちはるちゃんの走《はし》ってるところを見《み》てました。一方《いっぽう》、ちはるちゃんはかおりさんにぬかれて、しかもはなされたちはるちゃんは、

「くやしいわーかおりおねえちゃんにぬかれたわーしかもだんだんとはなされたわーさすがーライバルのかおりおねえちゃんーわたしまだまけないいんだからーみのるおにいちゃんはわたしものだからーがんばるわーまてー、かおりおねえちゃんーまけないわー」

ともえてからまた走《はし》りだしました。そしてちはるちゃんはまた走《はし》りました。それでちはるちゃんは、「まけないわーかおりおねえちゃんにはーわたし。ちはるーがんばるわー」とそうちかいました。

一方《いっぽう》たつやくんは、

「かおりちゃん大《だい》すきーまだあきらめないよーまってるよねーかおりちゃんー」

とまた走《はし》りだしました。どんどん走《はし》りました。

一方《いっぽう》、まほうづかいのおねえさんは、たつやさんをモニターで見《み》て、

「がんばってーたつやおにいちゃんーわたしは大《だい》すきよーおねえさんはねー」

とモニターを見《み》ておうえんしてました。

一方《いっぽう》、みのるくんはまだかおりさんがうしろに来《き》ていることを気《き》づいていません。

みのるくんはまもなくイオン島《じま》に入《はい》りました。イオン島《じま》の入《い》り口《ぐち》に入《はい》りました。海《うみ》の上《うえ》の道《みち》から入《はい》りました。それからみのるくんはイオン島《じま》を入《はい》ってからうしろを見《み》ました。

「あれーかおりちゃんー、もううしろに来《き》てるよーいつのまに来《き》たのーびっくりしたよーしかもおどろいたよーかおりちゃん、そろそろイオン島《じま》に入《はい》ったよー」

とうしろをちょっと見《み》てから前《まえ》にもどって、また走《はし》りました。イオン島《じま》へと走《はし》りました。イオン島《じま》では、ほしのちゃんとみなこさんが来《き》てました。まほうづかいのおねえさんのつかいの人《ひと》がいて、「よいーどん」と言《い》って、ほしのちゃんとみなこさんはイオン島《じま》からスタートしました。ほしのちゃんとみなこさんは走《はし》りました。

みのるくんは走《はし》ってました。イオン島《じま》で走《はし》っていたら、ほしのちゃんとみなこさんが来《き》ました。みのるくんのうしろではなれていたかおりさんは、どんどんせまって走《はし》っていました。じつはかおりさんはイオン島《じま》を入《はい》ったらどんどんと走《はし》って、みのるくんのうしろにせまっていました。せいかくには、うしろをちょっとむいたときはまだはなれていました。前《まえ》にもどってからかおりさんがどんどん走《はし》ってせまっていました。あっというまにかおりさんはみのるくんのうしろに来《き》ました。みのるくんの見《み》えるところにかおりさんが来《き》ていました。かおりさんは、

「やったーみのるおにいちゃんのうしろに来《き》たわーうれしいなーわたしってやればできる女《おんな》なのよー大《だい》すきなみのるおにいちゃんー」

とうれしそうに走《はし》ってました。一方《いっぽう》みのるくんは、まだかおりさんがうしろに来《き》ることに気《き》づいていません。みのるくんはうしろをちらっと見《み》ました。

「あれーかおりちゃん、いつのまにうしろに来《き》てるよーびっくりしたよーなんでーおどろいたよー」

とみのるくんはちらっとうしろを見《み》たあと、また前《まえ》にもどってから走《はし》りながらおどろきました。みのるくんの顔《かお》がおどろいた顔《かお》になりました。みのるくんは、それでも走《はし》っていました。顔《かお》はいつもの顔《かお》に、しかもおだやかになった顔《かお》で、また走《はし》りました。イオン島《じま》は人工《じんこう》の島《しま》で、イオンの大《おお》きいスーパーのある島《しま》です。みのるくんはイオンのスーパーの前《まえ》を通《とお》りました。

「あれーイオンのスーパーがあるよーでっかいスーパーだよーすごいなーおどろいた

よー」

とみのるくんはびっくりしました。みのるくんの顔《かお》はちょっとだけおどろいた顔《かお》になりました。すぐに元《もと》の顔《かお》にもどりました。みのるくんは夜《よる》のイオン島《じま》のイオンのスーパーの前《まえ》に来《き》ました。食品《しょくひん》売《う》り場《ば》だけあいてました。みのるくんはそれを見《み》て、「じゃー食料品《しょくりょうひん》売《う》り場《ば》はやっているので、食料品《しょくりょうひん》売《う》り場《ば》を走《はし》ろー。みんな見《み》るのかなースーパーで買《か》いものする人《ひと》ーぼくの走《はし》っていることー見《み》るのかなー」

とみのるくんはイオンの食料品《しょくりょうひん》売《う》り場《ば》に入《はい》りました。そして食料品《しょくりょうひん》売《う》り場《ば》で走《はし》っていました。みのるくんは中《なか》に入《はい》って走《はし》ってました。このうしろでかおりさんも食料品《しょくりょうひん》売《う》り場《ば》で走《はし》っていました。食料品《しょくりょうひん》売《う》り場《ば》の入《い》り口《ぐち》から入《はい》りました。もちろんみのるくんも食料品《しょくりょうひん》売《う》り場《ば》の入《い》り口《ぐち》から入《はい》りました。入《はい》ってから走《はし》ってました。みのるくんはやさい売《う》り場《ば》を走《はし》ってました。このうしろでかおりさんが走《はし》っていました。

みのるくんはやさい売《う》り場《ば》でおきゃくさんがやさいを買《か》ってるとこを見《み》て、「ごめんなさいー」とあやまってました。会社《かいしゃ》ではたらいたあとで買《か》いものしてる会社員《かいしゃいん》のサラリーマンやOLと、パパとママたちが買《か》いものをしてました。やさい売《う》り場《ば》を走《はし》っていたみのるくんは、「すごいなー大《おお》きいスーパーは広《ひろ》いよー」と走《はし》りながらそう思《おも》いました。

このうしろにかおりさんが走《はし》ってました。かおりさんは「夜《よる》もやってたんだースーパーは大《おお》きいなー」とこうふんしてました。一人《ひとり》でこうふんしてました。かおりさんは走《はし》りながらお肉《にく》売《う》り場《ば》を通《とお》りました。前《まえ》に走《はし》ってるみのるくんは、やさい売《う》り場《ば》を通《とお》ってお肉《にく》売《う》り場《ば》を通《とお》ってから、おそうざい売《う》り場《ば》を通《とお》りました。やさい売《う》り場《ば》のとなりにい売《う》り場《ば》を通《とお》ったときは、くだもの売《う》り場《ば》も通《とお》ってました。やさい売《う》り場《ば》のとなりにありました。今《いま》はおそうざい売《う》り場《ば》を通《とお》っていました。なぜってみのるくんは早《はや》く来《き》たからです。トップで走《はし》ってました。みのるくんはおそうざい売《う》り場《ば》でからあげを買《か》ってました。からあげをもって、それからみのるくんはセルフレジに行《い》ってから、からあげを1パック買《か》いました。バーコードをかざしてたら、ねだんが出《で》ました。きかいをもってかざしました。みのるくんはおさいふからお金《かね》を出《だ》してからあげを買《か》いました。それからみのるくんは走《はし》ってセルフレジを出《で》て元《もと》の食 料品《しょくりょうひん》売《う》り場《ば》の入《い》り口《ぐち》を走《はし》って出《で》ました。

うしろからかおりさんはおそうざい売《う》り場《ば》を通《とお》りました。かおりさんはフライドポテトをもってセルフレジに行《い》きました。レジでフライドポテトのバーコードをかざしました。そしてかおりさんはおさいふを出《だ》してからお金《かね》をはらいました。このあと、かおりさんはおさいふをポケットに入《い》れてからレジを出《で》ました。そしてかおりさんは走《はし》って食料品《しょくりょうひん》売《う》り場《ば》の入《い》り口《ぐち》に出《で》ました。かおりさんはフライドポテトを食《た》べながら走《はし》ってました。

かおりさんのあとにほしのちゃんが食料品《しょくりょうひん》売《う》り場《ば》に入《はい》りました。ほしのちゃんは19さいの男《おとこ》の子《こ》です。このあと、みなこさんが入《はい》りました。みなこさんは20さいの女《おんな》の子《こ》です。きれいな女《おんな》の子《こ》です。

ほしのちゃんはイオンのお店《みせ》の人《ひと》です。ほしのちゃんはやさい売《う》り場《ば》を通《とお》って魚《さかな》売《う》り場《ば》を通《とお》り、お肉《にく》売《う》り場《ば》を通《とお》りました。ほしのちゃんはレジの人《ひと》です。やさしいおにいちゃんです。みなこさんはイオンのお店《みせ》のサービスカウンターのおねえさんで、案内《あんない》をしたり、けんを売《う》っているおねえさんです。とてもやさしいおねえさんです。

ほしのちゃんは食料品売《しょくりょうひんう》り場《ば》で走《はし》りながら、

「夜《よる》のおきゃくさまはー少《すく》ないなーやっぱり真夜中《まよなか》だからだよなーたぶんー深夜《しんや》だからー」

とほしのちゃんは走《はし》りながらそう思《おも》いました。ほしのちゃんはそう言《い》って走《はし》ってました。

「お肉売《にくう》り場《ば》すごいわーわたしのすきなお肉売《にくう》り場《ば》、大《だい》すきよー」

とみなこさんはお肉大《にくだい》すきなおねえさんです。先《さき》にほしのちゃんはおそうざい売《う》り場《ば》に来《き》ました。それで「ぼくもからあげにしようー」とほしのちゃんもからあげをもってセルフレジでお金《かね》をさいふから出《だ》して買《か》いました。それからほしのちゃんも食料品売《しょくりょうひんう》り場《ば》を出《で》ました。食料品売《しょくりょうひんう》り場口《ばぐち》から出《で》ました。ほしのちゃんは外《そと》を出《で》てからまた走《はし》りました。

あとからみなこさんも食料品売《しょくりょうひんう》り場《ば》を出《で》てから外《そと》に出《で》ました。みなこさんも走《はし》っていました。このあとはちはるちゃんが来《き》て食料品売《しょくりょうひんう》り場《ば》へ入《はい》ってから走《はし》ってました。「わたしもみのるおにいちゃんとおんなじからあげを買《か》うわー」とちはるちゃんはおそうざい売《う》り場《ば》へ走《はし》って、とりました。ちはるちゃんもレジへ行《い》っておさいふから お金《かね》をはらいました。はらってからちはるちゃんはレジを出《で》て食料品売《しょくりょうひんう》り場口《ばぐち》を出《で》ました。

外《そと》に出《で》てからちはるちゃんも走《はし》ってました。一方《いっぽう》かおりさんはトップになりました。先《さき》にみのるくんをおいぬいて、どんどんみのるくんをはなして1位《い》になりました。みのるくんは2とうになりました。かおりさんはポテトを食《た》べおわってました。イオンの食料品売《しょくりょうひんう》り場《ば》のおそうざい売《う》り場《ば》でフライドポテトを買《か》ってから外《そと》に出《で》て走《はし》りながらフライドポテトを食《た》べました。かおりさんは「おいしかったわーフライドポテトはしおがきいてるわーしおしおでおいしいわー」とかおりさんはそう思《おも》いました。そしてかおりさんはまた走《はし》りました。うしろのみのるくんは、かおりさんの走《はし》ってる間《あいだ》とまってからあげを食《た》べてました。

「おいしいなーもちもちしたーからあげーあぶらがからあげにしみてるよー」

とみのるくんは、おいしい笑顔《えがお》になってうれしそうです。おいしそうにからあげを食《た》べました。このあと、みのるくんはまた走《はし》りだしました。

「これはやばいぞー。かおりちゃんとどんどんはなれてるよーまいったなーいそがないとーそのままに行《い》くとーかおりちゃんにますますはなされるー」

とみのるくんはあわてて走《はし》ってました。みのるくんはかおりさんのあとをおいました。みのるくんは走《はし》りはじめました。

一方《いっぽう》かおりさんはさいごの島《しま》につきました。アンゼルセン島《じま》につきました。アンゼルセン島《じま》は、げんさんとちさとさんがいました。さいごの走《はし》る人《ひと》は、げんさんとちさとさんです。げんさんはまだわかい人《ひと》で20さいの男《おとこ》の人《ひと》で、島《しま》のパンの工場《こうじょう》ではたらいてる人《ひと》です。パンを作《つく》ってる人《ひと》がげんさんです。ちさとさんはパンを手《て》で形《かたち》をととのえる仕事《しごと》をしてる人《ひと》で、パンの形《かたち》をととのえてからてっぱんをオーブンにはこぶこともやってる人《ひと》です。やいたパンをアンゼルセン島《じま》からみんなのところにもっていきます。

かおりさんは走《はし》ってました。いっしょうけんめいアンゼルセン島《じま》を走《はし》ってました。アンゼルセン島《じま》は人工《じんこう》の島《しま》で、パンを作《つく》っている工場《こうじょう》の島《しま》です。やいたパンを全国《ぜんこく》のみんなのところへもって行《い》ってます。それを作《つく》ってる島《しま》です。

アンゼルセン島《じま》からげんさんとちさとさんがランナーで走《はし》ります。そしてアンゼルセン島《じま》からげんさんとちさとさんがスタートしました。二人《ふたり》はアンゼルセン島《じま》から走《はし》りました。げんさんはいっしょうけんめい走《はし》りました。アンゼルセン島《じま》からとばしてました。ちさとさんはあとからゆっくりと走《はし》ってました。

一方《いっぽう》、かおりさんはパン工場《こうじょう》に来《き》ました。工場《こうじょう》が夜《よる》なのでしまってました。

「あれー夜《よる》だからしまってるよーしずかだわー」とかおりさんはそう思《おも》って走《はし》りました。

アンゼルセン島《じま》のパンは、こなから作《つく》ってます。きかいでこねたりして作《つく》ってます。あと、形《かたち》をととのえたり、てっぱんをオーブンに入《い》れてやいてからオーブンから出《だ》して、つめるところにはこぶのはちさとさんたちがやっています。

うしろからげんさんが走《はし》ってます。

「あー夜《よる》だから工場《こうじょう》がしまってるーぼくはただ、こなとざいりょうを入《い》れる仕事《しごと》だからいちばんさいしょだよー。ただ、スイッチを入《い》れるだけーらくちんだいー」とげんさんはそう思《おも》ってパン工場《こうじょう》を見《み》ながら言《い》ってました。げんさんはどんどん

走《はし》ってました。このうしろはちさとさんが来《き》ました。ちさとさんは走《はし》りながらパン工《こう》場《じょう》を見《み》てから、

「わたしのはたらいてる工場《こうじょう》だわーいつもパンをはこんでるわーパンのやく前《まえ》と、オーブンから出《で》たやきたてのパンをはこんでるわーきかいのところまではこんでるわー」とちさとさんは走《はし》りながらパン工場《こうじょう》を見《み》てからそう思《おも》いました。

「あーげんさんも見《み》てるわーきっとそうだわー」とちさとさんは走《はし》りながら言《い》ってました。それから走《はし》ってました。ちさとさんは「げんさんにはまけないわー」とげんさんのことをライバルだと思《おも》ってました。

一方《いっぽう》、かおりさんはアンゼルセン島《じま》まで半分走《はんぶんはし》ってました。かおりさんはイオン島《じま》をはなれて走《はし》ってからアンゼルセン島《じま》についてからずっと走《はし》ってました。かおりさんは「まだ来《こ》ないなーみんなどうしたんだーみんなおそいわー」と走《はし》りながら心配《しんぱい》しました。かおりさんは「みのるおにいちゃん、まだ来《こ》ないわー」と言《い》って走《はし》ってました。それでかおりさんはアンゼルセン島《じま》を見《み》ました。パン工場《こうじょう》があって、全国《ぜんこく》のパンやさんにれいとうのパンを作《つく》っておくっているパン工場《こうじょう》です。日本産《にほんさん》です。

それでかおりさんがうしろを見《み》たら、だれもいませんでした。「今《いま》のうちに走《はし》って、まだ半分回《はんぶんまわ》ってないわー」とかおりさんは走《はし》ってました。これであと半《はん》しゅうです。

一方《いっぽう》、みのるくんはイオン島《じま》を出《で》てから走《はし》ってました。このあと、ほしのちゃんが来《き》ました。「あれーパン工場《こうじょう》まだうごいてるよー」と走《はし》りながらよこをちょっと見《み》たほしのちゃんはそう思《おも》いました。ほしのちゃんはちょっと見《み》たあと、また前《まえ》を見《み》て走《はし》りました。このうしろにちさとさんが走《はし》ってました。「まって、ほしのちゃんー」とおいかけて走《はし》ってました。パンやさんのパンは、人工《じんこう》のアンゼルセン島《じま》にあるパン工《こう》場《じょう》が作《つく》っています。

げんさんとちさとさんはパン工場《こうじょう》でパンを作《つく》っています。

このころみのるくんは「やっとアンゼルセン島《じま》が見《み》えたよー」と海《うみ》の上《うえ》の道《みち》を走《はし》ってました。

「もう少《すこ》しでアンゼルセン島《じま》に入《はい》るよー。パン工場《こうじょう》へ走《はし》って前《まえ》に走《はし》れるよー今《いま》は夜《よる》だから工場《こうじょう》は人《ひと》がいないしー前《まえ》を通《とお》るだけだー」とみのるくんはそう思《おも》って走《はし》ってました。しばらく走《はし》ってからアンゼルセン島《じま》に入《はい》りました。みのるくんは走《はし》って入《はい》りました。

ました。

このころ、まほうづかいのおねえさんは、県《けん》ちょうのモニターで、みのるくんたちが走《はし》ってるところを見《み》てました。

「いよいよさいごの島《しま》に入《はい》ったわー。みのるくんとかおりさん、そして走《はし》ってるみんなーがんばってねー。おねえさんおうえんしてるわー」とモニターを見《み》たまほうづかいのおねえさんはおうえんしてました。「がんばれー」といっしょうけんめいおうえんしてました。

このころ、かおりさんは島《しま》の半《はん》しゅうをおわって島《しま》を1かい回《まわ》りました。

「もうおわったわー。この島《しま》はパン工場《こうじょう》があってパンやさんがたくさんある島《しま》だわー。町《まち》も大《おお》きいわー。しかも広《ひろ》いしパン工場《こうじょう》ではたらいてる人《ひと》の町《まち》だからにぎやかだわー」とかおりさんはこうふんしました。そしてかおりさんは走《はし》りながらアンゼルセン島《じま》の町《まち》やみどりや山《やま》と森《もり》を見《み》て走《はし》ってました。

「それに山《やま》や森《もり》の木《き》などーすてきだわー」とかおりさんは走《はし》りながらかんどうしてました。前《まえ》を見《み》たらアンゼルセン島《じま》のいたところにもどりました。

「やっと島《しま》を回《まわ》ったわー。これで島《しま》を回《まわ》れたわー。あとは東京県《とうきょうけん》の県《けん》ちょうと東京《とうきょう》県《けん》の町《まち》を走《はし》って通《とお》るだけー」とかおりさんはそう言《い》ってアンゼルセン島《じま》を出《で》ていきました。

このあと、げんさんがアンゼルセン島《じま》を出《で》て「もう島《しま》を出《で》るのかーもう東京県《とうきょうけん》へ行《い》くのかー島《しま》を出《で》るのはこれだけだよー」とそう思《おも》って走《はし》ってました。

このあとちさとさんが「もう島《しま》から出《で》るわーさみしいわー」とそう思《おも》って走《はし》ってました。先《さき》にかおりさんが島《しま》から出《で》て海《うみ》の上《うえ》の道《みち》をわたりました。海《うみ》の上《うえ》の道《みち》をわたってかおりさんはまた走《はし》りだしてました。このあとげんさんはかおりさんのあとに島《しま》を出《で》て、海《うみ》の上《うえ》の道《みち》をわたりました。げんさんははじめてだったので「海《うみ》から道《みち》ができているーしかも島《しま》から海《うみ》の道《みち》があるよーきっとちさとさんもよろこぶよー」と言《い》って海《うみ》の道《みち》をわたって走《はし》りました。げんさんは「これは海《うみ》の上《うえ》にある道《みち》ーすごいなー島《しま》のみんながいたらよろこぶよーきっとー」とげんさんはよろこんで笑顔《えがお》になって走《はし》ってました。それでげんさんは「前《まえ》はかおりちゃんーおはら島《じま》からだよーどうしてなんだろうー」とげんさんはふしぎそうに思《おも》いました。げんさんはそう思《おも》って走《はし》ってました。

このあとちさとさんが島《しま》のはてに来《き》ました。はてに来《き》たら、はてから海《うみ》が見《み》えて、はてから海《うみ》に道《みち》がありました。たぶんかおりさんとみのるくんも島《しま》のはてから海《うみ》の上《うえ》の道《みち》をわたっていると思《おも》います。おはら新島《しんとう》でも、ちはるちゃんも島《しま》のはてから海《うみ》の上《うえ》の道《みち》をわたっています。それでほしのちゃんとみなこさんもイオン島《じま》も島《しま》のはてで海《うみ》の上《うえ》の道《みち》をわたりました。島《しま》のはてです。たぶんちはるちゃんとたつやくんも島《しま》のはてまで走《はし》って海《うみ》の上《うえ》の道《みち》をわたってました。そして海《うみ》の上《うえ》の道《みち》を走《はし》りました。

このころ、みのるくんはアンゼルセン島《じま》の半分《はんぶん》ぐらい走《はし》ってました。まわりはパン工場《こうじょう》やパンやさんや町《まち》がありました。

「みんな速《はや》いなーたぶんかおりちゃんがいちばんだよーきっとぼくいがいはおはら新《しん》島《とう》とイオン島《じま》とアンゼルセン島《じま》から走《はし》っている人《ひと》だからーぼくとかおりちゃんだけおはら島《じま》から来《き》て走《はし》ってる。だからか、まちまちだよー」とみのるくんはそう言《い》って走《はし》ってました。

一方《いっぽう》かおりさんは東京県《とうきょうけん》をめざして走《はし》ってました。

「そろそろパンやさんへ行《い》ってパンを買《か》うわーサンドイッチを買《か》うわーたぶんーでも

サンドイッチばかりはいやねーちがうパンでも買《か》うわー」とかおりさんは走《はし》りながらそう言《い》ってました。かおりさんは走《はし》りながらパンやさんをさがしました。さがしたらしばらくして海《うみ》の上《うえ》の道《みち》にありました。島《しま》と東京県《とうきょうけん》の町《まち》の間《あいだ》にありました。

かおりさんはパンやさんに入《はい》りました。パンやさんでかおりさんは「わたしはメロンパンでいいわーメロンが入《はい》ってるわー」とメロンパンを買《か》ってました。そしてかおりさんはパンやさんを出《で》てからベンチで食《た》べてました。ベンチですわってからかおりさんはメロンパンを食《た》べてました。

「あらーメロンパンすごいわークッキーみたいでも中《なか》みはただのバターパンだわー外《そと》はカクカクして中《なか》みはバターパンでバターのかおりがしておいしいわ」とかおりさんはおいしそうに食《た》べてました。

「ちがうわーカクカクと言《い》ったけどサクサクだったわーわたしってどじねー」とかおりさんはわらってました。「メロンパンおいしいなー」とかおりさんはおいしそうに食《た》べてました。このあとかおりさんは、また走《はし》りだしました。パンやさんから出《で》てかおりさんはまた走《はし》りました。

一方《いっぽう》、みのるくんはアンゼルセン島《じま》から出《で》てきてから海《うみ》の上《うえ》の道《みち》を走《はし》りました。「かおりちゃん、まてー」とみのるくんはかおりさんをおいかけました。そしてみのるくんはパンやさんにつきました。パンやさんにほしのちゃんとちさとさんが来《き》てました。みのるくんが中《なか》へ入《はい》ったら、ほしのちゃんとちさとさんがパンをえらんでました。二人《ふたり》はアンゼルセン島《じま》から来《き》てました。みのるくんは「今度《こんど》はホットドッグにしようーソーセージが入《はい》ってるよーしかも手作《てづく》りだよー」とよろこんでました。みのるくんはパンやさんについたときは走《はし》るのをやめてからパンを買《か》いました。たぶんかおりさんとほしのちゃんとちさとさんとかみんな、パンやさんで走《はし》るのをとめてからパンを買《か》ってます。みのるくんはホットドッグを食《た》べてから「また走《はし》るよーかおりちゃんをおいかけるよー」ともえてから走《はし》ってました。みのるくんはパンやさんから走《はし》って出《で》ました。そしてみのるくんはまた走《はし》ってました。それでみのるくんは東京県《とうきょうけん》にむかって走《はし》ってました。

このあとほしのちゃんとちさとちゃんはパンを食《た》べおわってからパンやさんから出《で》てきて走《はし》ってました。このあとちはるちゃんとたつやくんがパンやさんに入《はい》りました。

パンやさんに入《はい》っていたら、げんさんがパンやさんでパンをえらんでました。中《なか》にいました。げんさんは「みなこさん、まだ来《き》てないよー」とげんさんは一人《ひとり》でしゃべってました。ほしのちゃんとちさとさんはパンやさんで走《はし》るのとめました。つまり、とまりました。中《なか》に入《はい》りました。

ちはるちゃんとたつやくんは「みなこさんおそいよーわたしちはるはーおいついてからお先《さき》ーと言《い》っておいこしましたわーわたしって速《はや》いわー」とたつやくんにそう言《い》ってました。

「ぼくもみなこさんはおそいと思《おも》うよーぼくもみなこさんにお先《さき》に行《い》くねーって言《い》った」とちはるちゃんにそう言《い》って二人《ふたり》でしゃべってました。

げんさんはパンを買《か》ってから外《そと》のベンチですわってパンを食《た》べてました。

このころ、みなこさんはアンゼルセン島《じま》を走《はし》ってました。イオン島《じま》で回《まわ》っていたらだんだんつかれたのでゆっくりになったので、ちはるちゃんに「お先《さき》ー」「お先《さき》に行《い》くわー」とぬかれました。「ちはるちゃん速《はや》いわー」とイオン島《じま》でちはるちゃんにぬかれました。「ちはるちゃんならいいわー」とみなこさんはそう思《おも》いました。アンゼルセン島《じま》では、「お先《さき》に行《い》くねー」とたつやくんはみなこさんに言《い》ってぬきました。ぬかれたみなこさんは「わたしっていちばんさいごだわーちはるちゃんとたつやくん速《はや》いわー」「わたしっておそいわー」とみなこさんはそう言《い》って走《はし》ってました。

このころげんさんはパンを食《た》べおわってました。パンはたまごサンドを食《た》べました。「たまごはあつやきたまごで、やいてあって、あまいたまごやきでおいしかったよー」とげんさんはたまごサンドを食《た》べてから、そうかんそうを言《い》ってました。そしてげんさんはまた走《はし》りだしました。パンやさんからふたたび走《はし》りだしました。パンやさんを出《で》ました。そしてげんさんはまた走《はし》りました。

ちはるちゃんとたつやくんはパンを買《か》ってからパンを食《た》べました。ちはるちゃんはジャムパンを食《た》べていました。たつやくんはあんパンを食《た》べていました。カフェせきでちはるちゃんとたつやくんは二人《ふたり》で食《た》べてました。ちはるちゃんは「いちごジャム、あまくていちごのかおりはあまずっぱくてパンはもちっとしておいしいわー」とおいしそうにジャムパンを食《た》べてました。たつやくんは「このあんパン、つぶつぶであまくておいしいなーつぶあんのあんパンだからおいしいなー」とあんパンをおいしそうに食《た》べてました。「しかも、もちもちのパンだよー」とかんそうを言《い》ってました。たつやくんはあんパンのことを言《い》ってました。

このころ、かおりさんは海《うみ》の上《うえ》の道《みち》を走《はし》ってました。かおりさんは東京県《とうきょうけん》が見《み》えてきました。りくが見《み》えてきました。かおりさんは「わあー東京県《とうきょうけん》の町《まち》が見《み》えてきたわー広《ひろ》いなー。大《おお》きいみなとや町《まち》が見《み》えてきたわー」とこうふんしていました――かおりさんは「うれしいわーもう少《すこ》しで東京県《とうきょうけん》の町《まち》につくわー」とよろこんでました。このうしろにほしのちゃんが見《み》えてきました。「かおりちゃん、前《まえ》に見《み》えたよーやったーうれしいなー」とほしのちゃんはよろこんでました。ほしのちゃんは「かおりちゃんにまけないぞー」とかおりちゃんをおいかけました。そして走《はし》っていました。ほしのちゃんは走《はし》りつづけました。

このうしろにちさとさんが走《はし》ってました。「ほしのちゃん速《はや》いわーまってー」とほしのちゃんをおいかけました。ちさとさんは「かおりちゃん速《はや》いわーまけないわーわたしーがんばるわー」とかおりさんがライバルみたいにもえてました。そして走《はし》ってました。

このころちはるちゃんとたつやくんはパンを食《た》べおわってトイレがすんでからパンやさんを出《で》ました。二人《ふたり》は外《そと》に出《で》ました。先《さき》にちはるちゃんが走《はし》りだしてパンやさんを出《で》ました。このあとたつやくんがパンやさんから出《で》て走《はし》りだしました。二人《ふたり》はべつべつに走《はし》りました。海《うみ》の上《うえ》の道《みち》を通《とお》ってから走《はし》りました。

げんさんはこのころ、ちさとさんのうしろを走《はし》りました。

「ちさとさん速《はや》いなーそしてほしのちゃんとかおりちゃん速《はや》いなーうらやましいなー」と走《はし》りながらうらやましそうに言《い》ってました。げんさんはいっしょうけんめい走《はし》ってました。

「まわりは海《うみ》ばっかりだよー島《しま》から来《き》たからかな？　りくはまだ見《み》えないよー」とげんさんは走《はし》りながらそう言《い》いながら走《はし》りました。

一方《いっぽう》、みなこさんはパンやさんに来《き》ました。パンやさんで走《はし》るのをやめてからパンやさんに入《はい》りました。みなこさんは中《なか》に入《はい》りました。パンやさんでパンをえらんでました。

「わたしクリームパンにしようかな？　クリームたっぷりだしおいしそうだわー」と

みなこさんはクリームパンをえらんでました。そして買《か》いました。みなこさんはカフェせきでクリームパンを食《た》べていました。「クリームがなめらかでおいしいわーたまごとホイップクリームでなめらかーパンはもちもちであまくておいしいわー」とみなこさんはクリームパンをおいしそうに食《た》べました。

このころ、かおりさんは東京県《とうきょうけん》に入《はい》りました。海《うみ》の上《うえ》の道《みち》をおわって、東京県《とうきょうけん》の東京市《とうきょうし》みなとに入《はい》りました。みなとのはてから入《はい》りました。かおりさんはみなとを通《とお》りました。みなとは船《ふね》でいっぱいでした。

「あれーもう東京市《とうきょうし》に入《はい》ったわーうれしいわーこれから町《まち》に入《はい》るわー」とかおりさんはうれしそうに走《はし》りました。みなとはしずかでした。それでかおりさんは「夜《よる》だからだれもいないわー」「だれもいないみなとはくらいわー」と走《はし》りながらそう言《い》ってました。かおりさんはみなとを出《で》てから町《まち》へ行《い》きました。走《はし》ってました。コンテナの前《まえ》を通《とお》ってからみなとを出《で》ました。それでかおりさんは、

「にじのはしをわたったら、おだいばしへ行《い》って有名《ゆうめい》なテレビきょくのよこを通《とお》ってからおだいばしの町《まち》へ走《はし》るわー」とかおりさんはにじのはしと、おだいばしへむかっ

て走《はし》りました。

このうしろはほしのちゃんが走《はし》ってました。「あれーかおりちゃん、どこへ行《い》くんだよー」とほしのちゃんはかおりさんのことを心配《しんぱい》しながら走《はし》ってました。ほしのちゃんのうしろは、ちさとさんが走《はし》っていました。

「あら、ほしのちゃん、かおりちゃんのあとをおいかけるわーきっとかおりちゃんのあとをつけているわー」とほしのちゃんのことを心配《しんぱい》してるちさとさんがいました。それでちさとさんは心配《しんぱい》しながら走《はし》ってました。

このころ、みのるくんは「かおりさんたちにぬかれたのでくやしいです」といって走《はし》っています。

そしてとうとう「東京県《とうきょうけん》に入《はい》ったよーもうみなとに入《はい》ったーこれで海《うみ》の上《うえ》の道《みち》をわたりおわったーやった、うれしいなー」とみのるくんはよろこびながら笑顔《えがお》になって走《はし》ってました。

このころ、げんさんはまだ海《うみ》の上《うえ》の道《みち》で走《はし》ってました。走《はし》ってる間《あいだ》にみのるくんに「お先《さき》にしつれいー」とげんさんはおいこされました。げんさんは「くやしいー」とくやしがりました。そしてげんさんはまた走《はし》りました。このうしろにちはるちゃんとたつやくんが走《はし》ってました。先《さき》にちはるちゃんが「あら、げんさんだわー前《まえ》に走《はし》ってるわー」とちはるちゃんは前《まえ》にげんさんを見《み》つけました。このうしろにたつやくんが走《はし》ってました。このあとかおりさんはおだいばしへ行《い》って走《はし》ってました。かおりさんはにじのはしをわたってました。

「大《おお》きいはしだわー海《うみ》のはしねーあー見《み》えたわーあの有名《ゆうめい》なテレビきょく見《み》えたわ」とかおりさんはあの有名《ゆうめい》なテレビきょくのことをよろこびました。走《はし》ってたら、にじのはしをわたりおわりました。それからおだいばしのあの有名《ゆうめい》なテレビきょくのよこを通《とお》りました。かおりさんは、

「うれしいなー有名《ゆうめい》なテレビきょくよこを通《とお》れたわーそしてうれしいわー有名《ゆうめい》なテレビきょく。わたしってだめねーよこを通《とお》るなんて。でもうれしいなー」とかおりさんはうれしそうに走《はし》ってました。

このうしろにほしのちゃんがおだいばしの有名《ゆうめい》テレビきょくのよこを通《とお》りました。走《はし》ってました。このうしろにちさとさんが走《はし》ってました。

このあとかおりさんは東京県《とうきょうけん》の町《まち》を回《まわ》ってました。しぶや市《し》の交差点《こうさてん》を走《はし》ってました。しぶや市《し》の町《まち》は人《ひと》がいっぱいでした。夜《よる》だから、わかい人《ひと》がいっぱいです。かおりさんは「人《ひと》がいっぱいだわー」とうれしそうに見《み》ながら人《ひと》を見《み》て走《はし》ってました。

うしろはほしのちゃんが走《はし》ってました。

「人《ひと》がいっぱいだーたくさんいるよーびっくりだよー」とほしのちゃんはびっくりしてました。そしておどろいてました。ほしのちゃんはまた走《はし》りました。

このうしろのちさとさんは「わたしびっくりしたわー人《ひと》おおいわ」とおどろいてました。ちさとさんはまた走《はし》ってました。

一方《いっぽう》、みのるくんはおだいばしの有名《ゆうめい》テレビきょくのよこを通《とお》りました。

「あれー大《おお》きいテレビきょくだよーすごいなあーでっかいよー」とみのるくんはそう言《い》って走《はし》ってました。おだいばしの町《まち》を走《はし》ってたら「あれー、駅前《えきまえ》ってモノレールが走《はし》るとこだよね。きっとそうだよー」とモノレールの前《まえ》の駅前《えきまえ》を通《とお》って走《はし》ってました。

みのるくんは東京県《とうきょうけん》の町《まち》を走《はし》ってました。

一方《いっぽう》、まほうづかいのおねえさんはモニターでみのるくんのようすを見《み》てました。

「みのるおにいちゃんがんばれ」とおうえんしてました。

一方《いっぽう》ちはるちゃんとたつやくんとげんさんは、東京《とうきょう》のみなとにつきました。ちはるちゃんは「げんさんだーもうおいついたよー」とげんさんにおいつきました。そしてちはるちゃんはげんさんに「お先《さき》しつれいしますわー」とげんさんをぬきました。ちはるちゃんはげんさんを走《はし》りぬいて、どんどんはなしました。げんさんが見《み》えなくなるまで走《はし》ってました。

たつやくんもげんさんをぬいてました。「げんさんお先《さき》にー」とげんさんをぬきました。たつやくんもどんどんはなしました。たつやくんもげんさんとどんどんはなれてました。「なんでぼくだけをおいこしたりするんだよー」とげんさんはおこっていました。げんさんは「くやしいよー」と言《い》って走《はし》ってました。

ちはるちゃんはコンテナを通《とお》ってからみなとを出《で》ました。このあとたつやくんは「ちはるちゃん速《はや》いよーたぶんみのるおにいちゃんのことすきだからーおっかけだよーみのるおにいちゃんのファンだからー」とたつやくんはそう言《い》って走《はし》ってました。

そしてみなとを出《で》ました。

このあと、げんさんがみなとを出《で》ました。

このころ、みなこさんはいちばんさいごになりました。みなこさんは「もうだめだわーくやしいけれどーおねがいします。リタイアだわーもう走《はし》りたくないわー」と走《はし》っていたみなこさんはひざがいたそうに足《あし》を手《て》でおさえてました。「ひざがいたいわー左《ひだり》と右《みぎ》のひざがいたいわー」とみなこさんはさけんでました。「わかったわーじゃー東京県《とうきょうけん》の県《けん》ちょうへいどうだわー」と声《こえ》がしました。みなこさんは「この声《こえ》ーもしかしてまほうづかいのおねえさんだわーきっとそうだわー」とみなこさんは走《はし》るのやめました。そして、たおれました。そしてみなこさんはきえました。みなこさんのすがたが見《み》えなくなりました。海《うみ》の上《うえ》の道《みち》からきえました。みなこさんはまほうづかいのおねえさんのまほうをつかってきえました。

じつはみなこさんはパンを食《た》べてました。パンやさんでパンを食《た》べてからみなこさんはパンやさんを出《で》てました。外《そと》に出《で》てから、パンやさんからまた走《はし》りだしました。東京県《とうきょうけん》の町《まち》が見《み》えてから足《あし》がいたみだしました。

「がまんしたのにーパンやさんを出《で》たときにー足《あし》がいたみだしたのーしかも左《ひだり》と右《みぎ》の

ひざがいたみだしたのーいたくてくやしいわーしかもいちばんさいごにー走《はし》ってるときにーいやだわー」とがっかりしました。そして走《はし》ってたら、どんどんいたくなった足《あし》のひざ。東京県《とうきょうけん》の町《まち》が見《み》えてきました。前《まえ》に町《まち》が見《み》えました。

「やったわーやっと町《まち》が見《み》えたわー東京県《とうきょうけん》の町《まち》にやっとあえたわー。あこがれの町《まち》東京県《とうきょうけん》の町《まち》ーうれしいわー」とみなこさんはよろこびました。「でも、いたいわー」とみなこさんはいたそうにしながら走《はし》ってました。東京県《とうきょうけん》の町《まち》の手前《てまえ》まで来《き》たら、みなこさんはがまんできなくなりました。そんなわけです。みなこさんの理由《りゆう》です。

それを東京県《とうきょうけん》の県《けん》ちょうでモニターで見《み》ていたまほうづかいのおねえさんは、「みなこさん、足《あし》いたいのねーもうたおれてるわーかわいそうー今《いま》たすけるわー」とモニターごしにみなこさんに言《い》いました。そしてみなこさんはまほうできえました。

きえたみなこさんは東京県《とうきょうけん》の県《けん》ちょうのゴール地点《ちてん》にあらわれました。それでみなこさんは東京県《とうきょうけん》ちょうのゴール地点《ちてん》で見《み》たら「だれもいないわー」とおどろきました。「いたのはまほうづかいのおねえさんだけだわーしかもモニターでわたしたちの走《はし》ってるところを見《み》ていたわー」とみなこさんはおどろいてました。そしてみなこさんはひざがいたいのでゆっくりして、まほうづかいのおねえさんのところに行《い》きました。それでみなこさんは、まほうづかいのおねえさんに会《あ》ってました。みなこさんは足《あし》のいたみをがまんして、いすがあったのですわりました。まほうづかいのおねえさんのとなりにすわりました。

みなこさんはまほうづかいのおねえさんに「こんにちはーまほうづかいのおねえさんーたすけてくれてありがとうー」とまほうづかいのおねえさんにおれいをしました。まほうづかいのおねえさんは「いいのよーひざ、だいじょうぶー？　わたし、みなこさんがたおれたのでたすけなくちゃーと思《おも》ってたすけたわー」と心配《しんぱい》してました。みなこさんは「ありがとうーまほうづかいのおねえさんー」とまほうづかいのおねえさんにおれいをしました。まほうづかいのおねえさんとみなこさんはモニターでほかのみんなのようす、走《はし》ってるところを見《み》ました。

このころ、かおりさんはスカイツリーの見《み》えるあさくさに来《き》ました。あさくさ市《し》に走《はし》ってきました。

「あさくさの町《まち》、すてきだわー」とうれしそうに走《はし》ってました。かおりさんは「それにスカイツリーきれいだわーよく見《み》えるしーうれしいわー気分《きぶん》いいわー」と気《き》もちよさそうに走《はし》ってました。そしてかおりさんは東京県《とうきょうけん》ちょうへむかって走《はし》ってました。「さあーもう少《すこ》しでゴールだわーがんばるわー」とかおりさんはゴールめざして走《はし》ってました。このうしろにほしのちゃんが走《はし》ってました。「あさくさ市《し》の町《まち》は日本《にっぽん》のたからものだよーすごいなー」とほしのちゃんはかんどうして走《はし》ってました。ほしのちゃんのうしろは、ちさとさんが走《はし》ってました。「いいな、あさくさの町《まち》ーかんどうするわー」とちさとさんもあさくさの町《まち》にかんどうしてました。

このころ、みのるくんはしぶやの町《まち》を走《はし》ってました。町《まち》を歩《ある》いてる人《ひと》は「あれーだれか走《はし》ってるよー」「さっきも3人《にん》も走《はし》ってたわー」「本当《ほんとう》だ、また走《はし》ってるーすごいなー」「いまごろ夜《よる》に走《はし》るなんてーかんどうするわー」と歩《ある》きながら見《み》てました。みのるくんは「えー、町《まち》を歩《ある》いてる人《ひと》の声《こえ》が聞《き》こえたよーありがとうーありがとうーがんばって走《はし》るよー」とみのるくんは走《はし》ってました。「またがんばるよー」とみのるくんはしぶやを歩《ある》いてる人《ひと》に「ありがとう」と走《はし》りながらおれいをして走《はし》ってました。

このころ、ちはるちゃんはおだいばしの町《まち》を走《はし》ってました。「すごいわーあの有名《ゆうめい》テレビきょくだわーうれしいわー」とちはるちゃんはよろこびながら走《はし》ってました。テレビきょくのよこを通《とお》りました。

このうしろにたつやくんが走《はし》ってました。「えーもうおだいばしだよーあの有名《ゆうめい》なテレビきょくだよーうれしいなー」とよろこびました。そして走《はし》ってました。「やったー」とたつやくんは走《はし》りながらよろこびました。

このころ、かおりさんは東京県《とうきょうけん》の県《けん》ちょうにあらわれました。かおりさんがゴール地点《ちてん》にむかってました。それでかおりさんは「やったーこれでゴールできるわー」とよろこびながら走《はし》ってました。

モニターを見《み》てからまほうづかいのおねえさんとみなこさんが出《で》てきました。「さあーおむかえに行《い》くわー」とまほうづかいのおねえさんはそう言《い》って東京県《とうきょうけん》ちょうへむかって歩《ある》きました。あとからみなこさんは「足《あし》がいたいけど、かおりちゃんをむかえに行《い》かないとだめかしらーわたし」と言《い》ってむかえに行《い》きました。そしてみなこさんはかおりさんのむかえに歩《ある》きました。東京県《とうきょうけん》ちょうにむかいました。

このころ、かおりさんは県《けん》ちょうにだんだん近《ちか》づきました。そしてゴールに近《ちか》づきました。「あと少《すこ》しだわー」とかおりさんはがんばって走《はし》ってました。ゴール地点《ちてん》にまほうづかいのおねえさんとみなこさんがむかえに来《き》てました。「がんばれーかおりちゃんー」とまほうづかいのおねえさんとみなこさんはおうえんしてました。かおりさんはがんばって走《はし》ってました。

そして、かおりさんは県《けん》ちょうのゴールをきりました。かおりさんは「やったーゴールしたわーやっとついたわーうれしいー」とやっとゴールをしました。かおりさんはゴールしました。まほうづかいのおねえさんとみなこさんはむかえに来《き》ました。「おつかれさまー」とみなこさんはそう言《い》ってかおりさんをむかえてました。かおりさんは「ありがとー」とおれいをしました。まほうづかいのおねえさんは「おかえりーそしてごめんなさいー」とかおりさんにあやまりました。そして「おつかれさまー」とかおりさんをむかえました。そしてかおりさんは「やったー」とゴールしたことをよろこびました。

このあとほしのちゃんがゴールをしてました。このうしろでちさとさんもゴールしました。ほしのちゃんは「やったーうれしいー」とよろこびました。ゴールしたのでうれしそうでした。ちさとさんは「うれしいわーやったー」とゴールしたことでうれしそうによろこびました。

「東京県《とうきょうけん》の県《けん》ちょうは、かおりさんたちいがいはだれもいません。なぜって、これはないしょでやってるからです」とまほうづかいのおねえさんが走《はし》りおわったかおりさんとほしのちゃんとちさとさんとみなこさんにせつめいしてました。つまりわけを話《はな》しました。

トップ（1ばん）はかおりさんで、2とう（2ばん）はほしのちゃんで、3とう（3ばん）はちさとさんです。このころみのるくんは、あさくさの町《まち》を走《はし》ってました。みのるくんは「スカイツリーが見《み》えてるよーきれいだよーきっとかおりちゃんも見《み》ているよーうれしいなーもうひとつ東京《とうきょう》タワーも見《み》たかったよーがっかりです」とみのるくんはよろこびながらも東京《とうきょう》タワーが見《み》えなかったことでがっかりしました。みのるくんはがんばって走《はし》ってました。

このころ、ちはるちゃんとたつやくんはしぶやの町《まち》を走《はし》ってました。しぶや市《し》です。

ちはるちゃんは前《まえ》を走《はし》りました。歩《ある》いてるしぶやの人《ひと》は「また人《ひと》が走《はし》ってるよーしかも二人《ふたり》も走《はし》ってるよー」とちはるちゃんとたつやくんが走《はし》ってるところを見《み》てました。中《なか》には、ちはるちゃんが走《はし》ってるところをスマートフォンでとってる人《ひと》もいました。ちはるちゃんは先《さき》に走《はし》って、あとからたつやくんが走《はし》ってました。

このころ、げんさんはおだいばしの町《まち》を走《はし》ってました。あのテレビきょくの前《まえ》を通《とお》りました。このあと、有名《ゆうめい》なはくぶつかんの前《まえ》を通《とお》って走《はし》ってました。「ぼく一人《ひとり》だよー有名《ゆうめい》なあのテレビきょくと有名《ゆうめい》なはくぶつかんの前《まえ》を通《とお》るのがゆめだったよ。ぼくのゆめがかなったよーしかも走《はし》れたよー」とげんさんはよろこびながら走《はし》ってました。

このころ、みのるくんは県《けん》ちょうへ走《はし》ってました。しかも、県《けん》ちょうふきんです。「もう少《すこ》しでゴールだよーきっとかおりさんたちまってるよー」とみのるくんはそう思《おも》って走《はし》ってました。

みのるくんはゴールが見《み》えました。県《けん》ちょうに来《き》ました。「やっとゴールが見《み》えたーこれからがんばるぞー」とみのるくんはそう思《おも》って走《はし》ってました。そしてゴールのしゅんかんが来《き》ました。「あとー少《すこ》しー」とみのるくんはがんばって走《はし》ってます。

そしてみのるくんはゴールをしました。

かおりさんたちがゴールでまってました。みのるくんは「やったーゴールしたーうれしいよー」とよろこびました。かおりさんは「みのるおにいちゃんーやったねー」とみのるくんをだきしめました。ほかのみんなはうしろをむいていました。

このころ、ちはるちゃんとたつやくんはあさくさの町《まち》に来《き》ました。あさくさ市《し》です。

「ゴールはまだだわー」「あさくさってすごいわースカイツリーきれいねー」とかんどうしてちはるちゃんはまわりを見《み》ながら走《はし》ってました。

このうしろはたつやくんです。「いいなーあさくさの町《まち》ー」とたつやくんはうれしそうです。そして走《はし》ってました。

一方《いっぽう》、げんさんはしぶやの町《まち》を走《はし》ってました。「すごいよーしぶやの町《まち》ーうれしいなー」とげんさんはよろこんでました。歩《ある》いてる人《ひと》は「まだだー」とあきれてました。

そしてげんさんはしぶやの町《まち》を走《はし》ってました。しぶや市《し》です。

一方《いっぽう》、ちはるちゃんとたつやくんはとうきょう県《けん》ちょうまで来《き》ました。ゴール地点《ちてん》ではまほうづかいのおねえさんとかおりさんたちがまってました。ちはるちゃんは前《まえ》を走《はし》ってました。このうしろにたつやくんが走《はし》ってました。ちはるちゃんは「やったーもうすぐゴールだわーあーみのるおにいちゃんもいるわーまってーちはるも行《い》くわー」とちはるちゃんはそう言《い》って走《はし》ってます。

「そろそろゴールに近《ちか》づいたわーもう少《すこ》し。みのるおにいちゃんーまってーちはるもおにいちゃんのところ行《い》くわー」とちはるちゃんはそう言《い》って走《はし》ってました。そしてちはるちゃんはゴールしました。「やったわーわたしーできたわーゴールできたわーみのるおにいちゃんのところへ行《い》くわー」とちはるちゃんはゴールのあと、みのるおにいちゃんのところへ行《い》きました。

「みのるおにいちゃん会《あ》いたかったわーちはるーがんばったわー」

とちはるちゃんはみのるおにいちゃんのむねにとびこみました。このうしろでたつやくんもゴールしました。

「やったーゴールしたよーうれしいーこれでかおりちゃんぼくのことすきになれるのかなーたぶんーそう思《おも》うよーぼくはー」

とたつやくんはゴールしたあとそう言《い》って、かおりさんのところへ行《い》きました。かおりさんは、

「いやよーたつやおにいちゃんー走《はし》ってもわたしはみのるおにいちゃんがいいのー」

ってかおりさんにふられました。たつやくんは、

「まだー言《い》ってないのにーどうしてわかるのー」ってかおりさんに聞《き》きました。かおりさんは、

「たつやおにいちゃん、いつもわたしのこと言《い》ってるからー会《あ》うたびに言《い》うからよー」と理由《りゆう》を言《い》ってました。

このあとたつやくんは「やっぱりー知《し》ってるのか?」とがっかりしてました。

みのるくんは「こまったーちはるちゃんーねこちゃんみたいーぼくはこまったよー」とちはるちゃんにめいわくしてました。ちはるちゃんは「いいのーちはるはみのるおにいちゃんがいればいいのー」とねこちゃんみたいになりました。みのるくんはちはるちゃんがめいわくでした。

このころ、げんさんはあさくさの町《まち》を走《はし》ってました。「あさくさの町《まち》はいいなー」

とげんさんは走《はし》りながらあさくさの町《まち》をながめてました。「こっちも元気《げんき》になったよーありがとうー」とげんさんはあさくさの町《まち》におれいをしながら走《はし》ってました。げんさんは東京県《とうきょうけん》ちょうへ走《はし》ってました。あさくさ市《し》です。

このころ、かおりさんたちはゴール地点《ちてん》でげんさんをまってました。「まだこないなー」とかおりさんはみのるくんに言《い》ってました。みのるくんは「ちはるちゃん、こっちへこないでー」とちはるちゃんをせめました。まっていたらげんさんが来《き》ました。しばらくまっていたかおりさんたちがよろこびました。

「いよーまってました、げんさんー」とみのるくんが言《い》ってました。それでげんさんは走《はし》りながら「ありがとうー」とおれいをしてから走《はし》りました。東京県《とうきょうけん》ちょうに来《き》てました。そして走《はし》ってました。やがてゴール地点《ちてん》に走《はし》ってきました。げんさんは

「やっとゴールまで来《き》たー」

そしてげんさんはゴールしました。「やったゴールしたーうれしいなー」とげんさんはうれしそうに笑顔《えがお》でゴールしました。かおりさんたちとまほうづかいのおねえさんがむかえに来《き》ました。げんさんは「やった。ゴールしたー」とよろこびました。げ

んさんはうれしそうでした。これでみんな走《はし》りおわりました。

まほうづかいのおねえさんは「これで夜《よる》のマラソン大会《たいかい》はおわりです。ことしの夜《よる》のマラソン大会《たいかい》をおわりにします。みなさん、帰《かえ》りはわたしのまほうでそれぞれの島《しま》へおくります。走《はし》ったみなさん、ごくろうさまでしたわーそしておつかれさまでした。そしてありがとうーこれでおわりです」とまほうづかいのおねえさんはマラソン大会《たいかい》のおわりのことばを言《い》ってました。

おわったあと、かおりさんはげんさんのところへ来《き》て「げんさんって、はいゆうのほしのげんさんにそっくりだわー」とげんさんに言《い》ってました。げんさんは「ちがうよーぼくはそっくりでないよー」とかおりさんにおこってました。かおりさんは「えーそうなのー」とがっかりしました。

ほかの走《はし》ってるみんなはおしゃべりをしてました。いろんなことをおしゃべりしてました。このあと、まほうづかいのおねえさんのまほうでみんなきえました。走《はし》ってるみんなは、まほうできえてました。みんな島《しま》へばらばらばらで帰《かえ》りました。このあとみんなはすんでる島《しま》へ帰《かえ》りました。このあとは島《しま》で思《おも》い思《おも》いに生活《せいかつ》してました。島《しま》でくらしてました。

このあとは、少《すこ》しだけ、そのごの話《はなし》です。読《よ》んでるみなさん、さいごまでありがとうございます。それでは、ばいばいです。「これでさいごなのかー」これはおわりです。でもこのあとの話《はなし》でさいごのおわりです。「では、ここの話《はなし》はさようならーまたね」

走《はし》ったあとの半年後《はんとしご》の話《はなし》

走《はし》ったあとの半年後《はんとしご》、走《はし》ったみんなはそれぞれの島《しま》ではたらいたり走《はし》ったりしてすごしました。

ちはるちゃんは休《やす》みの日《ひ》におはら新島《しんとう》からみのるおにいちゃんに会《あ》いに来《き》ました。「おにいちゃんー大《だい》すきー」とみのるくんのところまでだきしめに来《き》ました。みのるくんは「いやだー」とちはるちゃんからにげてました。おはら島《じま》のできごとです。

かおりさんはおはら島《じま》であいからず「みのるおにいちゃんまってー」とみのるくんのあとを走《はし》ってました。みのるくんは「まってーまてないよーかおりちゃんおそいよー」と先《さき》に走《はし》ってました。このうしろにちはるちゃんが「おにいちゃんまってー」とおいかけました。

あとのみなさんは、いつものようにはたらいていました。まじめにはたらいてました。それでおわり。じゃーばいばいー。

おわり

おいしいな、こびとかばサブレ（クッキー）

ぼくは、社会福祉法人《しゃかいふくしほうじん》やちぐさ作業所《さぎょうじょ》に通《かよ》ってます。菓子《かし》はんではたらいています。「こびとかばサブレ」をつめています。ぼくの仕事《しごと》は、つめる仕事《しごと》です。オーブンでやいたサブレを1日《にち》おいて、ふくろに入《い》れる仕事《しごと》です。サブレは、石川《いしかわ》どうぶつ園《えん》で売《う》っています。今《いま》は、オーブンは修理中《しゅうりちゅう》です。オーブンは、電気《でんき》やさんの人《ひと》がなおしてます。1日《にち》なおしています。ガスオーブンです。

こびとかばサブレは、もともとは、石川《いしかわ》どうぶつ園《えん》のこびとかばがモデルです。今《いま》は、こびとかばは生《い》きてるかどうかわかりません。どうぶつ園《えん》に、こびとかばはいるかどうかわかりません。

こびとかばサブレやそのほかは、ひまわりのお店《みせ》で売《う》ってます。ぼくは、月《つき》1回《かい》か、2回《かい》、ひまわりのお店《みせ》に、売《う》り子《こ》に行《い》ってます。お店《みせ》で、こびとかばサブレを売《う》っています。ほかのしょうひんも売《う》っています。レーズンパサンとアーモンドパサンとポン菓子《かし》とかたパンも売《う》ってます。そしてこびとサブレも売《う》ってます。

ぼくは、ひまわりのお店《みせ》で、こびとかばサブレをよく買《か》います。へい店《てん》30分前《ぷんまえ》に買《か》います。サブレを買《か》っています。サブレは、いつもうちで食《た》べています。ひまわりの売《う》り子《こ》の仕事《しごと》をおわってからサブレをもって帰《かえ》って、うちでサブレを食《た》べてます。自《じ》分《ぶん》のへやで食《た》べています。

バターのにおいは、牛乳《ぎゅうにゅう》のにおいと草《くさ》のにおいがまざっています。たぶんバターと牛乳《ぎゅうにゅう》が入っています。ぼくのイメージは、オーブントースターでやいたようなイメージです。こびとかばサブレのあじは、バターのこうばしさとミルクなあじ、あと草《くさ》のにおいがまざっておいしいです。

むずかしいなあー。あじのかんそうこまってますよ。まいったなあ。どうしよう？　とにかくこびとかばサブレはおいしいです。すみません。一人《ひとり》でまよってます。とにかく買《か》ってくださいね。こびとかばサブレをおねがいします。

だめでしょうか？　コロナウイルスでまいっています。売上《うりあ》げが上《あ》がりません。おねがいいたします。どうしたらいいですか？　だれかたすけてください。なかなか売《う》れません。みなさんおねがいします。ぼくからのおねがいです。全国《ぜんこく》のみなさん、おうえんよろしくおねがいします。

あーそうだ、これは石川県《いしかわけん》のもんだいでした。全国《ぜんこく》のもんだいではーないです。すっかりわすれていました。ごめんなさい。お菓子《かし》を買《か》ってくださいね。

もう夏《なつ》ばてでごめんなさい。サブレは、おいしいです。日本中《にほんじゅう》かどうかわかりません。ぼくに、とってはおいしいです。本当《ほんとう》です。おねがいします。加賀《かが》のもんだいでした。すみません。6月《がつ》の夏《なつ》の思《おも》い出《で》です。今《いま》もおねがいします。お菓子《かし》を買《か》ってください。

おねがいおわり

あとがき

この作品《さくひん》はかくうのものがたりです。夢《ゆめ》で見《み》たぼくの考《かんが》えた物語《ものがたり》であって、いちおう童話文学《どうわぶんがく》です。書《か》いたのは童話文学《どうわぶんがく》です。なんだか小説《しょうせつ》みたいです。

さいごにぼくのことを書《か》きますので、しばらくの間《あいだ》、物語《ものがたり》のことを書《か》きます。

この物語《ものがたり》は、おはら島《じま》から東京県《とうきょうけん》まで、つまり県《けん》ちょうまで走《はし》る夜《よる》のマラソンです。走《はし》るみのるくんとかおりさんがゴールするまでの物語《ものがたり》です。あとほかの走《はし》ってる人《ひと》の物語《ものがたり》もえがいてます。もちろん入《はい》ってます。ほかの人《ひと》も入《はい》ってます。

あとは読《よ》んでる人《ひと》におまかせします。あとは読《よ》んでるみなさん、おねがいします。

さいごにぼくのことを書《か》きます。じつはぼくは障害者《しょうがいしゃ》です。ぼくは社会福祉法人《しゃかいふくしほうじん》やちぐさ作業所《さぎょうじょ》にいます。ぼくは、やちぐさ作業所《さぎょうじょ》で菓子《かし》はんにつとめてます。ぼ

くはお菓子《かし》をつめる仕事《しごと》をしてます。読《よ》んでるみなさん、やちぐさのお菓子《かし》をかって
ください、おねがいします。

著者プロフィール

てつはる

（本名　浅田哲治）
1969年、石川県生まれ・在住。
金沢大学附属養護学校高等部卒業。

夢《ゆめ》で見《み》たふしぎなものがたり

2022年4月15日　初版第1刷発行

著　者　てつはる
発行者　瓜谷 綱延
発行所　株式会社文芸社
〒160-0022　東京都新宿区新宿1－10－1
電話　03-5369-3060（代表）
03-5369-2299（販売）

印刷所　株式会社フクイン

ISBN978-4-286-23163-1